俞振飛書信集

唐吉慧——編選・洪惟助——編

俞振飛書信

[illegible]題

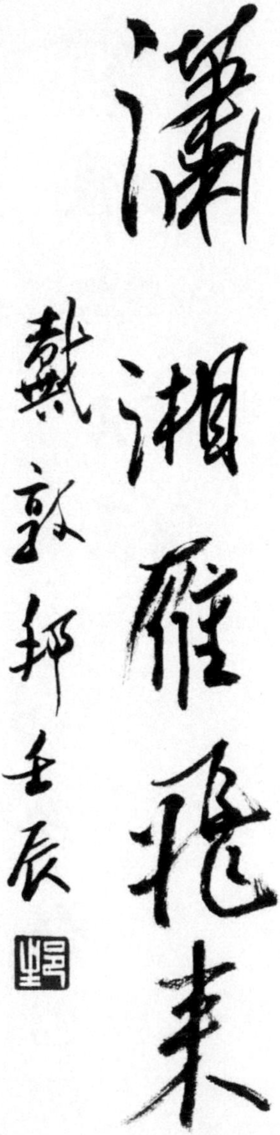

瀟湘雁飛來
戴敦邦先生題詞

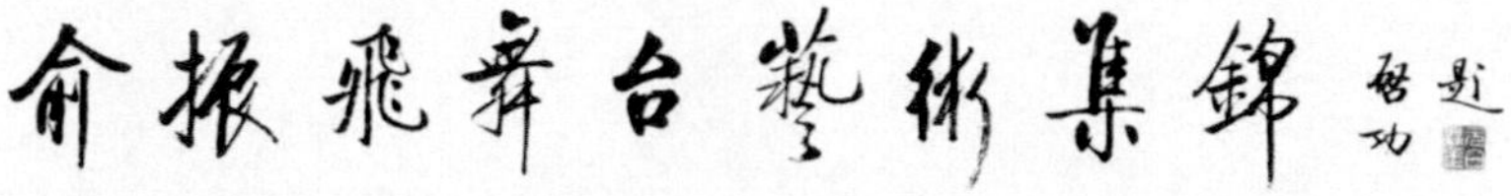

俞振飛舞台藝術集錦　　啓功先生題詞

《人面桃花》（上世紀五十年代初於香港），俞振飛飾崔護

《奇雙會・寫狀》（上世紀四十年代），俞振飛飾趙寵，黃桂秋飾李桂枝。

《打侄上墳》（1988年），俞振飛飾陳大官，艾世菊飾朱燦。

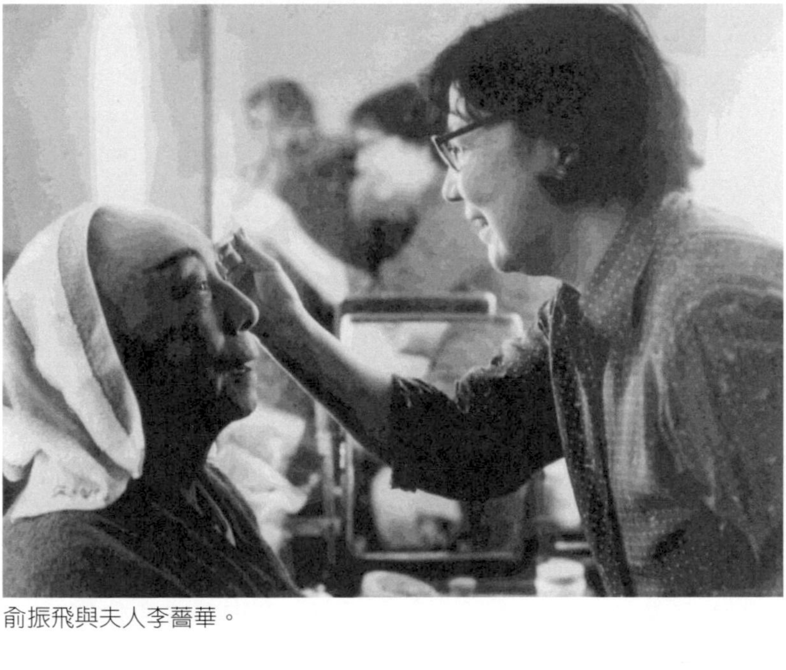

俞振飛與夫人李薔華。

1981年於荀慧生舊宅。左起：南鐵生、張伯駒、侯喜瑞、李洪春、俞振飛。

上世紀八十年代於美國。左起：俞振飛、張充和、張元和，後站立者陳安娜。

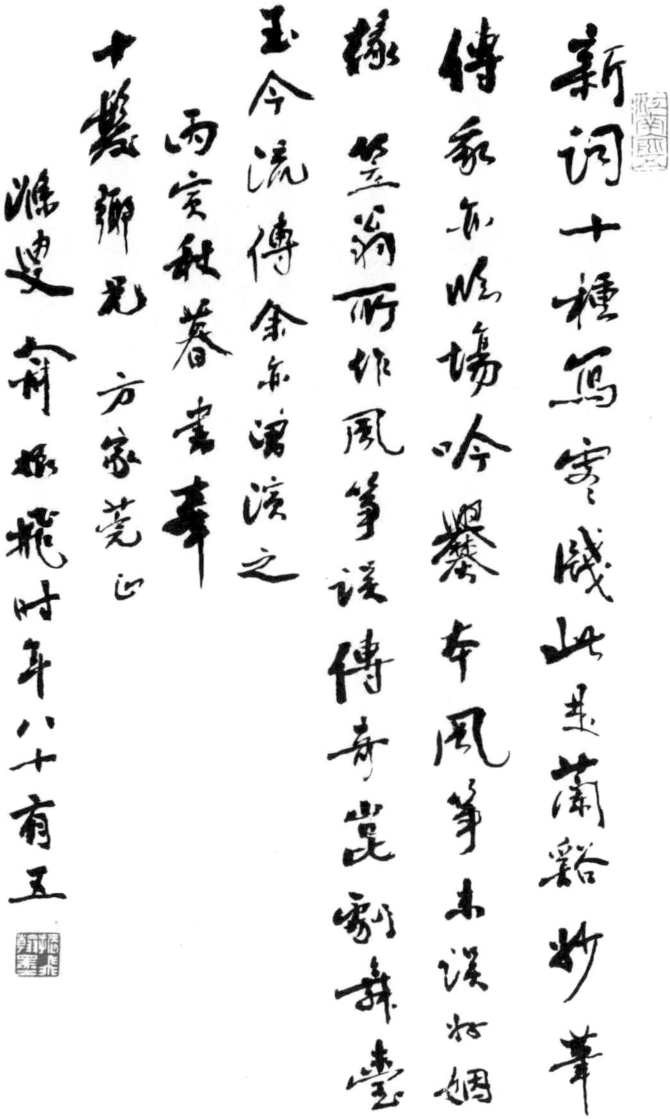

俞振飛書法

【總序】崑曲叢書第三輯總序

一九九四年我規劃主編《崑曲叢書》，二〇〇二年出版第一輯六種：陸萼庭《崑劇演出史稿》、曾永義《從腔調說到崑劇》、周秦《蘇州崑曲》、周世瑞、周攸《周傳瑛身段譜》、洪惟助《崑曲研究資料索引》和《崑曲演藝家、曲家及學者訪問錄》。二〇一〇年出版第二輯六種：沈不沉《永嘉崑劇史話》、徐扶明《崑劇史論新探》、洛地《崑—劇、曲、唱、班》、顧篤璜、管騂《崑劇舞台美術初探》、洪惟助《崑曲宮調與曲牌》、論文集《名家論崑曲》。

本叢書希望多呈現：（一）珍貴的原始資料及學術研究的基礎工作；（二）一般學者少論及的音樂、表演、舞台美術及各地方崑曲；（三）長期浸淫於崑曲，深思熟慮之作。

第三輯六種：

一、朱建明《穆藕初與崑曲》。穆藕初對民國初年的中國實業和教育、文化都產生了巨大的影響。民國十年在蘇州創辦的「崑劇傳習所」，穆藕初是最重要的支持者，他對崑劇的貢獻，是崑劇史不可磨滅的一頁。但過去並沒有專書論穆藕初與崑曲，朱建明先生乃發奮撰此書，稿成，未及出版而逝世。藕初先生幼子家修先生和我言及此，我建議收入《崑曲叢書》第三輯，家修先生和其姪孫偉杰並為此書做校注和提供圖片；此書能有比較完美的呈現，是因為有家修先生和偉杰先生的辛勞。

二、吳新雷《崑曲研究新集》。吳新雷先生一九五五年畢業於南京大學中文系，即以戲曲、尤其崑曲為主要研究對象，將及六十年的學術歷程，著作等身，為戲曲學術界、崑曲藝術界所景仰。本書為其近年討論崑曲的新作，有文學藝術的鑑賞、歷史的回顧、資料的考證與分析……，範圍廣、立論精，是戲曲學者值得參考之作。

三、趙山林、趙婷婷《明代詠崑曲詩歌選注》。明中葉以後，崑曲盛行，隨之吟詠崑曲的詩歌亦漸多。詩歌本身就有其藝術價值，值得吟詠，欣賞；讀詠崑詩歌，更可從中了解崑曲的演出活動，看到名家對崑曲作品和表演的批評，或領略戲曲家借詩歌闡述戲曲理論。此書當是第一部明代詠崑詩歌集，附有注釋、作者簡介和簡析，幫助讀者閱讀欣賞，對崑曲學者和愛好者的研究、欣賞有所助益。趙山林先生是華東師範大學教授，其著作《中國戲劇學通論》等書早已蜚聲劇壇，此書與其愛女趙婷婷共同選注，婷婷在華東師大獲中文學士後赴美國史丹佛大學東亞語言文化系修讀博士學位。父女相聚論學，當是一段美麗的永恆記憶。

四、唐吉慧《俞振飛書信集》。俞振飛承其尊翁俞粟廬的教導，對於崑曲的清唱、詩詞、書畫都有深厚的造詣，後來向沈月泉學崑劇，程繼先學京劇。其天賦，不論扮相、嗓音都是上上之材，加上良好環境的陶冶，自己的刻苦力學，終成一代京崑大師。俞振飛文筆好、書法好、表演藝術好，其書信自然珍貴。唐吉慧先生原是學書畫的，二〇〇八年開始接觸崑曲，就一頭栽進，衣帶漸寬亦不悔，對俞老最是崇敬，收集俞老書信百餘封，擬出版俞振飛書信集。許多曲家前輩受其精神感動，將自己收藏的俞老書信都提供給他，包括我為中央大學戲曲研究室收藏的俞老給宋鐵錚的十三封信，宋鐵錚先生做了詳細的注解，都提供給他。此書信集是研究俞振飛，研究當代崑曲史、崑曲藝術的珍貴資料。

五、叢肇桓《叢蘭劇譚》。叢肇桓先生是著名的崑曲演員、導演、編劇，是全材的崑劇從業者，本書分「劇目篇」，論評劇目；「劇人篇」，論與戲曲有關的人物；「劇論篇」，論述戲曲理論問題；「劇事篇」，談論與戲曲有關的活動。本書所論雖非全為崑曲，但以崑曲為主。叢先生從事戲曲實踐將及六十年，有豐富的實踐經驗，又有深厚的文化素養，所論必然深刻而親切，非在故紙堆討生活的學者可比。

六、洪惟助《台灣崑曲史》。一九六〇年代我在政治大學中文研究所從盧聲伯先生治詞曲，當時聲伯師在校內成立崑曲社，我覺得崑曲社老師一人對許多人，教學效果不好，請聲伯師介紹，直接到指導老師徐炎之先生家裡一對一學習唱曲與吹笛。一九七二年我赴中央大學中文系教授詞曲等課程，次年成立崑曲社，請徐老師遠赴中壢教學，我陪學生們學習。一九九〇年代曾永義教授和我共同主持崑曲傳習計畫，執行中國六大崑劇團錄影計畫。二〇〇〇年我領導崑曲傳習計畫藝生班學員創建台灣崑劇團。五十年來的崑曲活動我一直很關心，一九九〇年代還執行了「台灣崑曲史調查研究計畫」，經過二十餘年的訪問調查、文獻考索，以及親身經歷，撰成本書，從清代以迄當今，是第一本台灣崑曲通史。

本叢書擬出五輯三十本，當鞭策自己，戮力完成四、五兩輯的撰述和編輯。

二〇一三年九月洪惟助於中央大學

自序

唐吉慧

痴迷名人信件的集藏不容易，入門之初見識淺薄，積累的過程磕磕絆絆，幾年下來雖然數量可觀，到底魚龍混雜：有的重書法，有的重史料，有的只為一張別致的小花箋。在這些信件中，最為珍貴的要數崑曲泰斗俞振飛的一批書信了。

我是在二〇〇八年接觸崑曲的，緣由崑曲名票孫天申奶奶的厚愛，得以結識較多崑曲界資深曲友和老師，這幾年大家時常往來，我聽他們講關於崑曲的故事，和他們一起唱曲子看戲，在這棵六百年的老樹下享受著一片快樂的綠蔭。我是幸運的，在較短的時間裡便對崑曲有了較深的認識。有位老前輩與我打趣，誇我扮相好，不如學俞振飛，做個小生演員粉絲一定多。俞振飛票友下海能成名角，那是家裡有淵源，老先生又有學問，詩做的好，畫畫得好，字寫得好，崑曲泰斗當之無愧：「學戲太辛苦，我這一身骨頭都硬了，怕是經不住練腰腿、打把子了，不如收收他的書信，為俞老、為崑曲做點貢獻也好。」我對老前輩說。

二〇一〇年，有好友告知海上某位老曲家有意轉讓一批俞振飛書信。在好友的安排下，有天晚上我們與老曲家見了面。三人圍坐在老曲家小客廳的茶几前，邊喝茶，邊聊崑曲，邊看書信。我粗粗看了看，這些信的書寫時間集中在一九七三年至一九七七年，共有一百多封。一九七三年至一九七七年，正值國內浩劫動蕩不安，老輩人惋惜，俞老的書信大部分毀在了「文革」，當然那個年代，對於文化，毀掉一些信根本算不上什麼。同為俞老學生的蔡正仁和岳美緹各有俞老寫給他們的信件一百多封，「文革」時，蔡正仁的全部上交文化局，岳美緹的部分自己燒毀，部分上交文化局。「文革」結束，兩位老師曾去文化局要過幾次，但毫無結果，只得作罷。如今已步入七十的正仁老師每每說起此事總有不甘，因為那些信裡多的是俞老對他的殷殷寄望、諄諄教誨，和對崑曲各齣戲細節的解讀。岳老師則滿懷傷感，說：「俞老師當年寫的許多信，已經化作一個個畫面，一個個鏡頭，時常回閃在我的眼前，把我帶回那充滿理想的青年時代……」現在這些信身在何處沒人知道。有人抱怨，「文革」中不知換了多少批管理材料的人，現在去找誰，誰會對這事負責任？也有人猜測，信可能在一九七〇年文化廣場的一場大火中燒掉了。老曲家有點得意，他的信是他在「文革」中偷偷藏下的。我細細讀了讀，信裡，俞老跟老朋友傾訴苦悶、斟酌劇情、鑽研演技，無疑是近代崑曲表演藝術史的稀世文獻。老曲家讓我留意一九七三年十一月的一封信，內容談到了俞振飛從藝的小掌故，信上說：「我所遇到的崑班老演員，只有沈月泉老師（傳芷之父），我所能表演的崑曲劇目，絕大多數是沈老師教給我的。當時他的年紀已六十左右，但不是『食古不化』的保守派，他自己有一定的創造。及至後來到北京拜了程繼先老師，他的表演藝術，有些是和沈老師異曲同工的，但程老師由於武工底子好，因此在表演上有他的獨特風格。而且程老師幼年在科班時，據說是先學崑曲，後學京戲，因此在『咬字』方面，崑味很濃，我能得到他的悉心教導，其原因也就在於此。」這是研究俞老不可或缺的珍貴記錄了。

那晚老曲家沉浸在懷舊的氣氛中。幾分喜悅，說及小時候與梅蘭芳的交往，幾分自豪，說及第一次登臺唱戲，幾分惆悵，說及一位位昔日的友人。我望著八十好幾的老人家，往事漂浮在他年華轉眼消歇的臉上像煙像水：花事凋離，知己零落，經了兩次中風，他說他這副臭皮囊是再經不住折騰了。偶爾他和老伴閑話幾句，終究忘不了當年給俞振飛熬的那碗雞湯。那是文革末期，上海市文化局奉文化部指示，集中了一批京崑老藝人在泰興路文藝俱樂部（今上海市政協）拍攝傳統京崑影片，俞振飛拍攝的是崑劇「太白醉寫」。俞振飛在信上說：「泰興路又來催我把『太白醉寫』全齣詞句和樂譜寫給他們，他們馬上就要刻蠟紙分發給大家……由於『醉寫』是我把崑曲的『吟詩脫靴』作了一些增刪，這個劇本，任何曲譜裡沒有，必須由我一點一點想起來，因此更加費事。我從十日到十四日共五個晚上，雖然我怕失眠，每日工作到八點半，但這五個晚上都失眠了，今天上午劇本交去，可能精神可以鬆弛一下。這種情況我不講，別人是猜想不到的。」等到正式排練更辛苦，老先生極為焦慮，幾次信上都擔心自己左支右絀，要請老朋友為他打聽提神的藥品，「請您向醫生朋友瞭解一下，除了『ATP』、『輔酶A』之外，有沒有吃的藥片或者打的針，使我身體內部增加一點『能量』，問到後，請即日來函告知，切盼切盼!!」哪怕是有毒性的：「我要一種針藥，打一針，就能比較精神振作一點，這是臨時的，略有一點毒性，關係不大（屬於這些藥品，恐怕還要急診間配得到，也要懇託您代想辦法）。」老曲家心疼他的俞伯，為他問藥配藥送藥，還特意為他熬雞湯補身子。那天俞振飛正在排練，老曲家沒打擾他，留下一只盛滿了雞湯的保暖瓶悄悄走了。俞振飛排練完畢回到屋裡，見到那只保暖瓶，激動地沒說出話來，「我就認得是您家的！」他在信上寫，「我老實告訴您，這次的雞湯，我打開瓶蓋，撲鼻噴香，湯清味鮮，您加入一點青菜，不僅營養好，而且在淡黃色濃湯中漂著幾葉青菜，又漂亮，又好吃，可謂色、香、味俱全，這裡向您表示由衷地感謝！」那麼稀鬆平常的往事，兩代人的情誼，今晚顯得格外珍貴，格外溫暖。「這些信跟著我蹉跎到今天數十年，該做個了斷了。」望著沉沉的夜色，老先生淡淡地言語讓我頓感悲涼。我買下了這些信。

文革結束不久，有回俞老到蘇州西山遊玩，在一塊寫著壽字的巨石前留影，沒多久巨石竟然滑落摔裂，蘇州人說，這石頭的壽是讓俞振飛帶走了。俞振飛果然長壽，一九九三年九十二歲辭世。老人家一生喜歡寫信，寫了多少無從計算。我陸陸續續收集了有兩百封了，寫給梅蘭芳的，寫給許姬傳的，寫給羅錦堂的，等等，原件、影印件都有，我想編一本《俞振飛書信集》，喜愛崑曲的陳佩秋先生、戴敦邦先生高興地先為我寫了書名題了字。陳佩秋先生寫了「俞振飛書信」，戴敦邦先生題了「瀟湘雁飛來」，字都認真，字都深情，是一份對俞老的致敬，更是一份對崑曲的致敬。我做不了小生演員，能為俞老、為崑曲做點貢獻，也好。

目次

目次

致蔡正仁

蔡正仁（一九四一—）

著名崑曲小生。受業於俞振飛和沈傳芷，崑大班畢業。曾任上海崑劇團團長。代表作有《長生殿》、《太白醉寫》、《牡丹亭》等劇目。

一九五九年

正仁同學：

來信收到。我們從內蒙到天津，一起生活了八十二天，其實這八十二天中，有很多天我們並不在一起談話，但是你們在天津動身的那天，我站在月臺上看你們的車開走，我有一種說不出的空虛之感。另外，這次在外，很想把「唱法」和「說白」好好給你們說一說，但是，並沒有做到，我感到很抱歉。

你們以後對觀摩應當要好好注意，要你們去觀摩的目的是什麼？主要就是看到好的藝術，吸收過來豐富自己。所以觀摩之後一定要座談，談出各人的看法，一方面也可以考驗每個同學是否在一本正經看戲，我知道一般同學最好看到一些新奇東西才感興趣，其實不然，逢到名演員演戲，應當一切都要細細揣摩，就是一抖袖、一邁步，雖然你們都會，但是會與會不同，要研究它為什麼「邊式」、「好看」，要知道成一個名演員，需要經過多少年的勤學苦練，最後還要群眾批准，所以既然稱為名演員，一定有他好的地方，如果看到一個優美的動作或表情，就要想一想如何把這個動作或表情，加到我自己所會的戲裡面去，萬一自己掌握不了，可以和老師提出討論，動作不論大小，只要安排得恰當就好。總之不論觀摩任何演出，首先要自己虛心，要有無我精神，一般青年演員看戲，非要看到一手自己不會的才注意，一般動作，總認為這一下我會，那一下我也會，既然都會，何必觀摩，這就說明這個同志一點沒有無我精神，不僅如此，還隱藏著嚴重的個人英雄主義，注意注意。

經過這次國慶獻禮演出，從中央領導起都提出各劇種應向崑曲學習，我們幹崑曲事業的聽到了當然興奮，但興奮之餘，又感到惶恐，我們拿什麼東西教給人家，我們如果還以老大哥自己居，認為自己的劇種是高高在上的，對任何劇種都看不起，那就一定受到驕者必敗的結果。天津小百花劇團只成立了一年多，不但參加了這次獻禮演出，還得到了普遍好評，這都是值得我們警惕，注意的。

另外，請你看一看我給岳美緹同學的信。匆匆不盡欲言。

代向全班同學說，我很懷念他（她）們。我可能在本月底返滬。

振飛手覆

十二月一日北京

一九六〇年

蔡正仁同學：

我這次到京開會，比較緊張，因此也沒有時間給你們寫信。但是在周、言、陳三位校長的來信中，得悉我校老師同學都是意氣風發，幹勁沖天的在躍進，我看到這些消息，也增加了我的幹勁。

這次在政協會議中，和中國戲曲學院表演藝術研究班中都認真嚴肅地展開了「改變世界觀和人生觀」的學習。的確，這是當前非常重要的一個問題，一般在舊社會生活的比較長的人（包括我在內），在思想上和生活習慣方面，多多少少還存在一些不太正確的觀點，經過這次的學習，對我來說，是得到了很大好處。

最近北京舉行了一次「現代題材戲曲會演」。內中以滬劇的「星星之火」、評劇的「金沙江畔」、豫劇的「冬去春來」最為出色。我看了這次會演，的確感到做演員的應當要演一些現代劇，尤其是青年演員。原因是：演舊戲，有一套程式可以搬用，容易養成演員的敷衍了事，懶漢思想。演現代劇、很多地方如果沒有新的創造是過不了關的。這樣才能使演員開動腦筋，鍛煉不斷創造的習慣，對於再演舊戲是很有好處的，不知你們是不是有這樣的看法。

我臨動身時看了你們彩排牡丹亭，在動作方面問題不太大，就是念白，有很多不順耳的地方。如「遊客頗盛」、「提啜小生」、「俊俏眼睛」，這三句中的「頗」「小」「眼」都是上聲，應當往上挑。另外在遊魂中小生念：外面敲竹之聲，不知是風是人。這兩句應作為是小生的「自語」，並不是「問話」。「何處一嬌娃」這句唱需要尺寸略慢，如果唱快了，接下來的「大鑼抽頭」勢必也就快了。要知道這場戲的「時間」是深夜，進來的又不是「人」。所以必須大鑼抽頭要打得慢才能出得來這種氣氛（最好大鑼要敲「鑼邊」，也就是要襯托出「靜夜陰森」的氣氛）。魂遊最後的下場，小生抓住旦角的水袖，不要抓膀子。還有你和方洋念的「梅花觀」的「觀」字都念成平聲，要改念去聲，聲音等於「館」字，不要念成「官」字音。另外還有學堂一場，陳最良白……（以下缺失）

五月（日期據郵戳推算）

正仁同學：（向范老師致候，希望她來信！）

來信收到。你說你們的這班火車是特別慢車，中途常常停下來讓其它的車開過去，這正是「方便讓給別人，困難留給自己」。說明你們這列車的「風格高」。

你們在車上曾幾次分兩批人到各車廂去清唱，應當這樣做。女同學還自編自唱了評彈開篇。我們的女同學過去的確不夠活躍，要知道現在是什麼社會，「只索要因循靦腆」是封建家庭裡的所謂「千金小姐」，這種態度已不合時代要求了，不然如何能夠敢想、敢說、敢做呢？回來一定要煩她們唱一段開篇給我們聽聽！

在北京已經演過幾場？哪幾個劇目比較受歡迎？據說孫花滿的罷宴，經過這次修改後效果反而差了。如果真有這種情況，應該讓孫雄老師反映團部，或者仍按老的演法，希望你轉告孫花滿。

遊園驚夢山坡羊去了一大塊，我很不同意這樣「硬砍」。為了崑曲劇目問題，你說「心裡真著急」，我已急了好久了，固然搞尖端劇目是刻不待緩的時期了。更主要的，同學們把「嗓音」「念白」「唱法」要好好用功，雖然崑曲可能像其它地方劇種這樣聽得清楚，但是我們要儘量想法把它交待得清楚，切不要自欺欺人地馬虎過去。如果自己還沒有信心把每個字念準，如何叫觀眾聽得出你在講什麼話呢？這是個根本性問題，希望同學們互相督促，互相研習，回來之後，還須抓緊時間給你們好好說說。

女同學們還要放開嗓子用勁的唱，不要怕「是不是會不像旦角」的顧慮，她們再怎樣放，也不會像我的嗓子，叫她們儘量使勁，不要「惜力」。如果有幾個字唱不響，須要自己「尋」，不要唱不響就算數。所以你說的「老戲加工」，我認為很重要，老戲基礎不好，新戲也沒有法兒唱得好。像梅院長【一】的穆桂英掛帥，這個戲如果讓一個修養不夠的演員來演，很可能演得一點精神也沒有。不管劇目新舊，質量還是主要的。新劇目當然要趕快搞劇本來排，可是「寫劇本」是目前一個最困難的問題。你們「王魁」排得怎樣了？有暇望來信告知。

全體同學代為問好！

振飛手覆

八月廿四晚

注：

【一】梅院長：梅蘭芳。

一九六一年

正仁同學：

我於三日上午到醫院看到幾十個同學都躺在床上，我心裡感到很不安，也想不出什麼話來安慰你們。後來到四樓見陸柏平同學這種嚴重狀況，更覺難受。我從醫院出來，回到學校，在大門口遇到文化局呂復局長，他也是剛從醫院回來，據說當天下午已約定神經科醫生會診，給陸柏平同學調治，我方始稍稍放下一點心來。三日下午四時乘輪離開上海，但心裡對同學們的健康很牽掛，因此五日上午抵達青島後，與周、陳校長打了一個電報，請他們把同學們情況寫信告訴我。豈知到八日下午就得到了梅院長不幸的消息，我和言校長相對飲泣，一夜沒有安眠。九日一天往四處設法買飛機票和火車票，又忙亂了一天。結果，於十日清晨搭海軍專機飛到了北京，參加了公祭梅院長的儀式，一代宗匠，萬世師表，從此長眠地下，使人悲痛難忍。

我最近幾個月來因為工作的忙亂，晚上失眠，因此感到腦筋麻木，精神疲憊。指望去青島靜養一個時期，忽然又聞到梅院長的噩耗，我的情緒還是不能平靜，可能三五天後赴北戴河小住幾天，但目前為止尚未肯定。

陸柏平同學已否恢復健康，希望你寫信來，其他同學還有病的沒有？望詳細來函告訴我。我們現在由文化部招待我們，住在東交民巷新僑飯店，你如來信，可寄至「北池子廿三號袁敏宣同志轉交」不誤。

你們現在還在排戲嗎？沈傳芷老師回蘇州去了沒有？你們崑曲班的男女同學，對表演動作方面是有了相當基礎了，但是，對於「用嗓」「運氣」「咬字」「吐字」「唱法」方面還需好好下一番苦功。有些同學，逢唱高腔嫌高，唱低腔又感覺放不出音來，最好老在「中八度」裡打轉，這種懶漢思想千萬要不得，希望告訴同學們：自古以來，要成一個好演員，沒有不從艱苦中奮鬥出來的。如果怕練、怕累，就想坐享其成，這是夢想，注意注意。

向全體同學們致念！

振飛自北京新僑飯店寄
八月十三日

正仁同學：

來信收到。你們這次北上，經過演出，觀摩，相互學習。更難得地首長們不止一次的給你們講話，這都說明你們這次的收穫很豐，我也替你們高興！

夏部長【二】是南方人，過去久在上海，所以對上海特別關心，給你們很高的評價，很大的鼓舞，他說：你們的演出團武戲比文戲強。當然包括京劇院和我校京劇班都在其內。但是，你們演文戲的是值得注意的。據我的看法，最重要在三方面。（一）練嗓。吊嗓子當然重要，但不要一口氣唱一出就算數，一定要把那一句唱不好的，或者那一個字唱不響，或者那一個音唱不上去，摘出來「單吊」，甚至一個人有空的時間「單練」。逢到「唱不響」和「唱不上去」，一定是用嗓的「步位」不對，不要「蠻唱」，必須很細心地「找竅門」，不然唱到那裡一擔心，準上不去，這種毛病在演員中是很普遍的，千萬要攻破這一關，否則空口說豐富提高，等於「墻頭上刷石灰——白說！」（二）咬字清楚。不論唸的唱的，不僅要清楚，還要準確，不僅要準確，還要有情感，有語氣，有輕重，有快慢。唱的方面更要注意「唱法」。（三）表演的內外結合。外型動作一定要和內心活動緊密結合，外型動作中的主要東西是「步」，幽閑、瀟灑、激動、著急、躊躇、高興、喪氣等等，都要有不同的步法，才能把不同的情感表達出來。這一點過去老先生們都沒有把它作為主要提出來，也是我幾十年舞臺上摸索出來的。對於上面三個方面的加工，一定盡我最大努力來幫助你們，希望大家不要漠視這些要點。

夏部長談到演員要會「繪畫」，這也是我們戲曲界的傳統。不過我認為要學畫，首先要把毛筆字寫好（要寫正楷），如果毛筆字不會寫，試問如何拿毛筆來繪畫？中國畫是講究筆法的，畫師的筆和演員的嗓子一樣，會吃飯的人都有嗓子，就看你會用不會用，畫筆亦然。

我幼年在書畫方面也用了一些工，不過，現在不彈此調已久，只好算是「未入流」。希望回來之後，先開始寫字臨帖，有些基礎後再開始學畫，不知你們同意這樣做否？

小宴曲兩支我已交顧兆琳寄給你們，不知收到否？「虎牢關」一曲我譜了兩種格調（一南一北），如果唱起來感覺不順，你們可以隨便修改。

張洵澎同學的嗓子，我總認為她用的功不夠大。本來老派唱旦角，都是烏裡烏裡不用勁的。現在的劇場都要做一兩千人，不用勁是不行的。等她回來之後，一方面向言校長學一學用嗓子的方法，一方面使勁地唱一次，預備把嗓子唱啞，等它再醒過來，嗓音會有進步的。這辦法當然不太科學，但是要「破舊立新」，我認為這樣做一次也需要。現在勸她不要苦悶，只要她有勇氣，我們一定會幫她想辦法的。

這次你們突然到合肥，我們事先一點不知道，昨日陳校長向局裡請求，李局長認為時間太匆促，我們這次恐怕不及參加了（我們昨天還在大舞臺演出墻劇【二】園會一場），好在你們很快就能回來，一切回來再談吧

祝你團勝利結束！向全體同學問好！

振飛手覆

一九六一年九月十七日

注：

【二】夏部長：夏衍（一九〇〇—一九九五），著名作家，文藝評論家。原名沈乃熙，字端先，浙江餘杭人。

【三】墻劇：崑劇《墻頭馬上》。一九五八年由俞振飛、言慧珠首演，一九六三年由長春電影製片廠拍攝成彩色電影。

一九六三年

承飛：

這次你們在南昌塌了便宜貨（天氣比較涼快），但是上海還要風涼，計鎮華來了感到奇怪（因為還需要穿羊毛衫），希望老天爺慢慢再熱，等你們武漢完成就不可怕了，你說對嗎？

聽說南昌上座不理想，不知近日有否好轉。我看「楊門」上去，一定能見好。因為這是一出「打群架」的戲，而且我們的條件是任何劇團比不上的（決非自吹自擂），我看一定有苗頭。至於崑曲折子戲能少唱再好，因為南昌觀眾對崑曲是不會太歡迎的。

「墻劇」拍電影當然是好事，不過幾時能拍，怎樣拍法，恐怕要經過一個很長時期才能實現。（一）電影限定一點四十分要結束。（二）乳娘、李世杰，兩個小孩等等的人選問題，也要經過一番研究。（三）他們要求到長春去拍。牽涉到老師、學生、京崑劇團演員、音樂組等等問題。

陳醫生已電話通知，希望你武漢完成即返滬。據說你的扁桃腺不宜拖得過長的時間，這情況可與陸團長談談。

宋鐵錚已在配裝「無影眼鏡」，如果裝得好，你也可以託他介紹，據說移步試過，很合適，並不太艱苦。希望你有空就來信。

龍〔一〕手覆

六月六日燈下

注：

〔一〕龍：俞振飛小名伯龍。

承飛：

我們於七日晚上，假座靜安寺後面軍人俱樂部演出了「墻劇」。是晚因為到的都是內行，所以我們每人都「冒上」，但是因為這個劇場的通風設備不好，場子裡非常悶，因此我和言老師都是汗流滿面。我演完花園一場，為了出汗過多，開始氣有些發喘，但是後面一場頂一場，沒有鬆氣的時候，到挨打一場差一些暈倒在臺上，如果不休息再演一場，肯定會來一個「奔登嗆」。

演完後的反映很好，還有一部分解放軍軍官，都看得非常滿意。長春電影廠的同志們，據說看完戲太興奮了，大家回旅館一直聊到了半夜。今日下午準備開一次座談會，編、導、演，都講一講過去的經過，可能還要討論一下這個戲的「保留」「刪去」「增加」三個問題。更主要聽聽大家對「馬」的問題如何看法。的確，這個問題很不容易解決。因為劇名叫墻頭馬上，沒有馬是不行的。如果用真馬，那就任何動作不好做了。如果用馬鞭，四周都是實景，又有矛盾，姑且聽聽幾位專家的高見吧。

接小龍來信，知道你團又在開黨支部擴大會議。聽說大家對呂團長的意見比較多。當一個領導，的確不容易。據說這次「九件衣」的名單布露後，大家的意見更多，不知到底有些什麼意見，希望還是要注意演出質量，如果個個灰心喪氣，劇團過去的榮譽，就很難維持了。

楊門想已上演。我的估計，楊門上座一定會盛一些，不知我的看法是否準確。

你團演到幾時打住？何日動身，武漢演出是哪一個劇院。希望你問清楚了寫信告訴我。

我從杭州回來到昨日為止，上海天氣一直很涼快，羊毛衫始終脫不下來。今天稍暖，據說明天要更熱一些。據說明天晚上要在學校小劇場演出「墻劇」，希望老天爺幫幫忙，不要太熱。

我的耳鳴，自從演出了一次之後，反而見好，你說怪是不怪。你的嗓子這幾天好一些沒有，如果有惡化情況，趕緊到醫院檢查，不要馬馬虎虎，至要至要！

龍

六月十日中午

承飛：

接到了你寄來七張信箋的一封長信，分了兩次才把它看完，也說明我們師生之間是無話不談，不然，不可能有這許多講不完的話。

南昌文化局特地組織了座談會讓你們去發言，這是一件無上光榮的事，我身為你們的老師，也感到「與有榮焉」。當然，我們演員都怕在大會上講話，尤其過去的許多位老藝人（梅先生也不例外），都是情願上臺唱一出，對講話就有些拘束。我在解放前也很不會講話，後來經過了幾次，就比較習慣了。不過，如果內容政治性強的，還是要有些緊張，尤其在目前階級鬥爭最強烈的情況下，說話更不能隨便，必須愛憎分明，立場站穩，還有更重要的，在輕鬆活潑中具有政治影響。如果滿口「標語」「口號」，那就不會有說服力的。

你們這次雖然飲食起居方面比較艱苦一些，但是能得到領導上這樣重視，也足以自豪。你們都是青年，目前吃點苦算不了一回事，要知道最美好的共產主義社會，只有你們輪的到。到那時「各取所需」，要什麼有什麼，所以黨的號召，有「吃苦在先、享樂在後」的說法，這決不是騙人的。馬列主義的最高革命目標，就是出現共產主義社會。

據小龍來信，你團招待文藝界演出後，還組織了座談會，會上很多人都讚揚了你們。小龍說：演出白蛇傳的幾天因為嗓子不好，所以沒有好好演，聽了大家的贊揚，自己感到激動。我已去信告訴她，以後演戲，一定要每場戲都演得精神飽滿。現在你們都有一種不良習慣，遇到有情緒，就不認真的演，這是最不應該有的。我過去為了台下觀眾少，臺上就不賣力，有一次給我老師程繼先看到了，翌日就叫我去訓斥了一頓。他說：觀眾是花錢買票來看你的演出的，你因為人少不賣勁，那就是對觀眾不負責。從此以後，台下只要有一個人，我還是認認真真的演。聽說蔣英鶴常常到臺上「泡」，如果長期這樣，以後想賣力的時候，也會賣不出來的，你們青年千萬注意。

「醉寫」早已列為第一類劇目，醉寫的東西並不多，為什麼不帶？我們的舞臺隊同志，我對他（她）們是有意見的。當然領導的決定也似乎死了一點。如果是一出大戲，布景、道具、服裝一出戲需要裝一二輛卡車，那是需要慎重考慮的。一出折子戲，多帶幾件行頭，占不了多大地方，何必限止得這樣嚴格，結果到處向人家借東西，不是自找麻煩。

沈老師來了，希望你們都要好好照顧他，尤其你們崑曲小生行幾個同學，必須和他多表示好感。至於他的伙食，我認為應該提高一點。團長雖然表示過與大家同吃同住，但是要知道沈老師是我們的老師，你團現在不是上海戲曲學校實驗劇團，因此沈老師屬於「客位」，希望你向陸團長反映一下，就說是我提的意見也無不可。

「墻劇」七日、十一日演了兩場，今晚在學校小劇場演出第三場。我近來因為精神不是很充沛，所以平常在家懶得活動，因此一出大戲唱下來，的確感到有些累。最顯著的演完戲，不想睡覺，非要到天亮才能入睡。當然，也因為我在臺上不肯苟且對付，有時氣力不加，還是努力以赴，因此更感到吃力。我第一次演完，我的耳鳴好多了，但是第二次演完，耳鳴不厲害了。近日正在一方面針炙，一方面吃藥，所以拍攝這張片子，心情也很矛盾，知道是個艱苦任務，但又很興奮的想更好的完成。

鐵錚大約七日就要回去。他的學戲勇氣很足，可是不論唱、念、臺步、動作、表情都缺少基本訓練。最近因為他要與李淑君合演遊園驚夢，我教了他柳夢梅，似乎比原來略為提高了一點，然而對我來說，感到不夠滿意。總之學戲的勇氣當然要有，但又不能操之過急，所謂「欲速則不達」。他的意思，最好把你的東西一口氣全部吸收過來，那末他一下子變了我了，你說可能嗎？

你們在武漢演出情況，望隨時來信告訴我。武漢京劇團的人都與我是老朋友，他們如果提出要學什麼戲，希望你們好好給人家說，不要貪懶。武漢氣候如何？亦望隨時告知。

龍手覆

六月十七日

承飛：

今日接到你從武漢寄來一信。我交計鎮華給你帶去的信想早收到了。

我第一次到漢口唱戲，就是在大舞臺，那時同台的青衣是章遏雲，老生是王又宸，武生張雲溪那時還是童伶，屈指算來，忽忽卅十年矣。現在知道你團也在大舞臺演出，可謂湊巧。

你們第一場白蛇的演出，由於大家的聚精會神，得到台下一致好評，我聽到這消息，感到很高興，希望你們一直這樣齊心協力的演，才對得起黨的培養，才對得起熱情的觀眾，你說是嗎？

武漢過去也是租界，所以有些地方很有些相像上海。至於你患的扁桃腺發炎，如果可能先回來，當然早治總是比較好的。萬一演出上需要你，而你的發炎還不十分嚴重，那就多演，二個碼頭也無不可。等我與周校長談過後，看他準備如何處理，我再給陸團長寫信。

宋鐵錚戴了無形眼鏡演了驚夢的柳夢梅（與李淑君合演），我認為你沒有必要去配。據說眼中流淚，從鼻孔流到了口中，以致影響了嗓子，而且眼白髮紅，很不好看，它的作用就是本來在臺上看不清的東西，現在能看得清了。其實演員在臺上，只要眼睛有神，眼神用的合適就行，至於看得清與看不清，對演戲並不起多大作用。眼球上兩塊玻璃，想起來總不會舒服的（這一點可以肯定），所以我勸你不必迷信了。

墻頭馬上的工作，現在正在等候楊村彬導演把電影本子寫出來（拍攝時的導演是長影的蔡振亞同志），否則沒有依據，工作不好進行。至於角色的分派恐怕也有調動，現在還沒有具體決定。

上海前一陣真涼快，昨日起也悶熱起來了，當然沒有漢口的卅四度，希望能夠再晚一點熱。據說長春是比較涼快的，然而在水銀燈下拍戲，恐怕也不會涼快到哪裡去。

你的毛筆字的確太差，有時間最好要臨臨帖，開始頂好先臨楷書，不從楷書入手，每個字就無法擺的平。小龍近年練了，到底是比較好的多，只怕同學中要趕上她的水平還不多呢。匆覆即問

近好

龍手覆

六月廿三日燈下

銳生、鵬程、泰祺均此致念！

承飛：

武漢寄來的信收到了。據趙興國、汪堅如回來說，你團可能不到廬山去了。我認為不去也好，因為山上的確涼快，可是如果只耽二三天就下來，那就等於一個人鑽進油鍋裡去一樣。武漢這種熱頭勢果然難受。但是到山上去涼快了幾天，對於山下的熱更受不了。我去年在山上住了一個多月，下山時還覺得氣都喘不過來。去年京劇院也是在湖北省巡迴之後，上山作短期演出，結果下山的時候，就有人熱得暈倒。所以聽到你團因為節約旅費，準備取消廬山之行，這是十分正確的。

「墻劇」的劇本，已由楊村彬導演寫成電影劇本，據說有相當大的改動（劇本我還沒有看到）。另外還增加了幾段唱詞，又要動腦筋譜曲了。以後拍成電影，到底是怎樣一個樣子，現在還很難想像。

你要臨帖，最好買幾張玻璃紙把帖上的字描下來，然後再用寫字的紙罩在玻璃紙上，把「帖」擺在旁邊，那就比較容易入門，不然寫得不像的時候，可能會灰心的。

沈、華二位老師的生活提高了，我也放心，萬一天氣太熱，排戲可以改在晚上，不然可能大家會吃不消。上午大家起得晚一點，把早餐移到晚上當夜宵吃，不知你們領導同志同意這樣辦否？

鐵錚學戲，不求甚解，我很想把基本的東西給他仔細地教一下，無奈他不能領會。他認為最主要的是「動作」，簡直還是一個道地的外行。所以要培養出一個人材來，必須各方面的條件都合乎要求，單憑老師的努力也是不中用的。難哉難哉。

我們可能不等到你團回來，大隊就要到長春去。你如能請假先回來，或者還能晤面，否則只好通信了。

這次你們在外演出，比哪一次都辛苦，尤其天氣這樣熱，千萬不要貪涼。完戲後不能進冷飲，小龍已經啞過一次嗓子了，你要注意。另外，千萬不要給我帶東西，目前正在運動之中，免得多生麻煩。況且你們也應該買一點營養東西吃吃，並不是我和你們客氣，你們照顧我的地方以後還多呢。

龍手覆
七月三日

承飛：

來信收到。我這封信到達上海，我想你已經出院了，不知我的估計是否猜對了。俗語雲：有病方知無病樂。不論什麼病症，總會帶來或多或少的苦惱。要說割除扁桃體，屬於一種小開刀，但是我很瞭解你是吃了苦了，所以你開刀的那天下午，我一定要看看你，可是看到你這種情況，真是愛莫能助，但也是必經的過程。

你的「牙」拔了沒有，這一下雖然吃了一些苦頭，畢竟可以「一勞永逸」了。這幾天你是無病一身輕，掉句文言叫做「苦盡甘來」，精神一定更見愉快。

我們這次由天津到長春，一路上也吃了些小苦，詳細情況寫在小龍信上，我不再重複了。到了長春氣候的確很舒服，有些像廬山的意思。晚上尤其涼快，往往需要蓋棉被。但是也很容易傷風感冒，原因就是天氣冷暖的變化，一天要有好幾次，所以出門須隨帶上裝，否則天氣一變就能受寒。

青年京崑劇團想已回來，五反運動已否開展，希望你在運動中「立場」「觀點」不要模糊，對領導提意見也需要多作考慮，如果估計效果不大的意見，我認為可以不一定提。總之要嚴肅認真地對待這次運動。首長們已一再講過，這次運動主要讓大家進行一次社會主義教育，思想上對兩條道路的區別，必須要徹底搞清楚。有時對黨、對社會主義有不滿情緒的時候，尤其應該深切地檢查自己的思想。

到長春後曾看了兩次長影的作品，（一）柳毅傳書（越劇）（二）竇娥冤（蒲州梆子）感到長影工作同志們在藝術處理方面，水平不甚高明（當然這兩張片子都是前幾年拍的），甚至有的地方很庸俗，因此我們精神上感到顧慮重重，對墻劇拍成電影后是「好」是「歹」很乏信心。

據說北京夏衍部長要到長春來，如果他來，可能會解決一些問題。因為長影廠是直接中央領導的，不是中央首長來，很難和他們打交道。戲曲拍電影，會在「虛」與「實」的兩個字上要掌握的恰當，現在我們的命運都掌握在他們手裡，不禁為之惴惴不安。

龍手霞
八月二日下午

承飛：

這次你的信是八月十一日發的，我十四日下午就接到了。這是最快的一封信。因為十四晚上，正是我們在長影劇場演出「墻劇」，正在我要上車到劇場時服務員交給我的，因此我一直到演完戲回來後才拆看你這封信。

東北的劇場，形式是現代化，劇院都沒有通風設備，也沒有電扇，但是天氣熱一點，看戲的和演戲的一樣受罪，簡直悶得要暈過去。按現代化的建築，應當有冷氣設備（因為它沒有窗戶），昨晚我們在臺上，演到下半出，真有些上氣不接下氣，因為台下觀眾的熱氣，完全湧到臺上，再加上強烈的燈光，演完戲，大家感到筋疲力盡，我和你師母更感到有些支持不住。有一天看長春戲曲學校的楊門女將，在工人文化宮（這個劇場的條件是比較好的，但是也是現代化建築），我看到一半就感覺透不過氣來，跑到休息室抽了兩支香煙，才算勉強把戲看完。長春的清潔衛生也搞得很差，要與上海比，那就相差太多了。

你師母囑我關照你，割去扁桃體之後，因為嗓子裡少了兩塊肉，以後唱起來可能有些不習慣。但是不要著急，慢慢找竅門，一時不可能像未割之前一樣。據說，她割除之後，彆扭了將近一年才恢復，因此囑你不要驚慌，乃是必經的過程。至於拔牙，我在拍遊園驚夢之前，電影廠要我把上面幾隻牙拔掉，完全裝假的，比較整齊。但是把牙拔完之後，因為牙肉不平整，也經過了「敲」和「校」，因為打了麻藥針，根本只聽見聲音，並不感覺痛，如果要拔，也不必擔心。

你團「五反」已到了什麼階段，希隨時函告。周校長和各位老師都和我們住在一起，我們住在一號，朱、華老師住在二號，鄭、方老師住三號，周校長陳亮住四號，你要和周校長通信，就寫「長春市新華街市人委交際處四號室」可也。

昨日起此間天氣轉涼，已能穿絨線衫了，不知上海的秋老虎過去了沒有？餘後再談。

龍手覆

八月十六日下午

承飛：

你團五反運動結束了沒有，你檢查之後，群眾對你的反應如何？團領導對你的檢查是否滿意，這些問題都不斷在我的腦子裡縈繞著。

你嗓子剛開刀，又遇上這個運動，不可能不多說話，當然對你的病來說是不相宜的，但也是欲罷不能的。你說出院後吃東西還感覺有些疼，不知最近情況好轉一些否？為念。

我們的電影又搞了一個比較接近一些舞臺的劇本。這問題還是夏部長到長春來解決的。本來長影的工作同志，準備要電影化多一點，也就是更接近故事片形式，我們不同意這樣辦。經過爭論不少。現在基本上爭來了許多舞臺原有的東西，總之雖然都是搞藝術的，但是藝術觀點不一樣，那就很難在一起合作。為了這些問題，的確心裡彆扭的時候比較多。比如寫休書的問題，電影本是裴行儉唸到「永斷瓜葛」後，少俊正要落筆，倩君一怒回房取隨身行李去了，少俊擲筆欲追，行儉攔住。後來行儉看到少俊實在不肯寫，就命他即刻赴京趕考，不許停留。最後少俊看到無法挽留，於是說了一聲「罷」，毅然離家而去。行儉看到四下無人，冒寫休書，剛寫完，倩君攜了兩孩，梅香帶了行李打算走，行儉將假休書給她，後面就接上搶兩個小孩等等。

我們覺得裴少俊寫休書是被動，因此決定寫的時候唱「沒奈何假意允從，忍淚修書，暫做一個薄倖郎。」這三句唱詞很說明問題，損害不了他的人物個性。但是導演無論如何不同意。最後長影的廠長和黨委書記來做我們的思想工作，搞得空氣很緊張，當然，「把片子拍得比舞臺更好」，這是大家的共同願望，導演和演員在以後工作中是一刻不可分離的，如果有了矛盾，肯定是會受到一定的損失。因此在「克服困難」前提下，我們也只好硬著頭皮答應下來。

但是，答應雖然答應了，「如何把片子拍得更好」的原則還須要遵守，在寫休書這場裡的問題還不太大，問題在最後一場團圓。在電影劇本上寫得稀鬆平常。當倩君唱到「感謝你寫休書多承教」之後，少俊說：我何曾寫過休書。裴福從懷裡摸出休書（這也是荒唐的。老院公是最同情他們一對夫婦的，反而在團圓的時候拿出這樣一件觸心的東西，不知要起到什麼作用？）於是少俊接過休書一看，就對倩君說：你看啊，這是我爹爹的筆迹，不是我寫的。我認為少俊看到是父親的筆迹，不定要大大的驚訝，決不能這樣輕描淡寫。倩君的思想轉變，也要一步一步的轉過來，因為舞臺上是看見行儉逼著少俊寫的，所以團圓時抱怨幾句也就行了，現在，在倩君記憶中，分明是看見少俊寫了，而且也不像舞臺上這樣最後有……今日之事，你心中自然明白，後會有期，你要保重了。這寥寥數語，對倩君來說是有溫暖的。因此要按他們的設想，倩君在最後一場的感情，對少俊是更恨，因為更恨，要把它一下子轉到「破涕為笑」就更麻煩一些。現在經過你師母好幾天的思考，改得比較合理，同時也增加了戲劇性。

北京的京劇四團現在長春演出，青年演員每天都到我們賓館來學崑曲。他們大約唱到九月二日為止，下來到哈爾濱。我們來長春以來，各方面都要求要你師母演一次梅派戲，另外也有人希望我和傳字輩老師演一演崑曲。現在為了四團不久就要離長，已定明晚演出一場鳳還巢，由四團協助演出。

你團九月份要在哪裡演出，如果是巡迴，準備走哪些地方，決定後希望來信告知。

在五反中對陳醫生的問題，不知有沒有反出什麼問題。沾染資產階級思想這一點是肯定的。此外，陳醫生有沒有對某一個人灌輸什麼不好的作風。前幾天我在小龍信中談到這個問題。我說過去你們因為太天真，對陳醫生無話不談，有些學校中很細微的事他都知道，比我這校長要清楚得多，當時我也很擔心，但又不好對你們講，如果講了，很可能我講的話一起告訴陳醫生，形成很不必要的誤會。經過這次運動，你們不僅對政治上提高，對如何做人，也能得到一些經驗教訓。

龍手覆

八月廿十九夜燈下

承飛：

你九月十一日發的一封長信收到了。這次的五反運動，主要是讓大家進行一次社會主義教育，自己能認識到錯誤，這就是政治上的進步。因為近年來，尤其一般青年演員，大部分有只專不紅的思想傾向，認為有了藝術不怕不重視，更不怕沒有飯吃。其實，青年和老藝人，名演員不能相提並論。老藝人與名演員都有他們的歷史根源的。比如馬連良、李少春等人，過去的包銀都有好幾萬元一個月，現在拿一千元或者更多一些，要和他們過去拿的包銀數目來說就不能比了。但是青年演員知道了認為黨只重視老藝人，只照顧名演員，殊不知老藝人名演員當年學戲的時候，花多少錢，吃多少苦。解放後培養出來的青年，何等幸福，這在舊社會是不可想像的。所以要你們回憶，要老藝人們談談憶苦思甜這是完全正確的。

你寫信給石部長我很同意。因為他是最關心你們的。崑曲的發揚和改革，是應該你們負責起來的，以前對單獨成立崑曲劇團，我總覺得負擔太重，你們不要看到北京、南京以及其他地區都有崑曲劇團，這些劇團的艱苦情況，恐怕你們不一定吃得消，可是現在我想想，永遠不單獨成立劇團，崑曲的發揚和改革根本就談不到。現在你既已有信給石部長，聽聽他有什麼辦法。

我們這幾天是進入最緊張階段，一二天由廠領導就要審查。下來是先期錄音（這次錄音分三種。先期錄唱，現場錄說白，後期錄音樂。），等錄音完半，就要開鏡頭了，日期大約在本月廿五六日。

此地的天氣已進入初冬階段，晚上須穿夾大衣，白天也需要絨線衫，最傷腦筋的還是吃飯問題，這裡的廚房也很注意我們的飯食，無奈水平和習慣不同，怎麼搞也不合口味。外面的菜館的菜，也大都差不多，因此前一陣我從每頓三兩主食，減到一兩，精神真有些頂不住。最近四五天來做了一些安排，已增加到每頓能食二兩了。

總之東北和天津北京完全不一樣，從吃東西到人與人的感情都有異樣的感覺，這是出乎我意料之外的。

你有暇希望常常通信，至於我的回信可能不多，原因是實在沒有時間寫。

龍手覆

九月十七日

承飛：

你九月廿三發來的信收到了。你最近演出醉寫，嗓音不但沒有受到開刀的影響，反而更感到舒服，這使我特別高興。因為你到公費醫院去開刀，是我們的主張，萬一你的嗓子不如從前，可能會有許多指摘（當然對我們的指摘）。現在我胸口這塊石頭放下來了，皆大歡喜，首先應向你祝賀！

石部長對陸團長講的話完全正確。你們不問自己有多少資本，一味瞎嚷嚷要成立崑曲劇團，等到營業不理想，收入不夠開支，大家工資打折扣的時候（據說梅劇團上個月就發不出工資。南通京劇院七月份就發不出工資，只有每人貼補飯費十六元），就要垂頭喪氣了。石部長說：對傳統折子戲要加工整理提高，搞出一批有質有量的好劇目來。應該按照這個指示來努力。

過去我對傳統折子戲的加工提高不怎麼樣搞得通，我認為傳統劇目都是經過老前輩千錘百煉的東西，最要提高，如何提高。這次為了拍電影，把「墻劇」這個劇本一改再改，的確有所提高，唱、念、詞句精煉了，不讓它有許多廢話，「戲」也挖出來了。如果不是為拍電影，我們總認為墻劇從第一個劇本改成現在舞臺演出的面目，已經煞費苦心了，再要改，也沒有什麼可改的了。其實，我們還是沒有跳出保守思想的這個框框。只要肯動腦筋，任何劇目都能搞得好的。你們的劇團，沒有一個抓業務的負責人是無論如何不行的，這問題，應該好好和周校長談談。

言老師大約二日抵上海，對於這裡拍戲的情況，可以請她給你談談。現在要告訴你的就是我的身體還頂得住，飲食方面也改善了一下，每頓可食二兩，當然，經不起瘦勞的情況還有，但是完不成工作，造成浪費也是不行的。長影方面的人與人的關係，最近也比較搞得好了些。比如這次為了添製李倩君服裝，就請言老師自己回上海，我們拍攝工作，改拍裴尚書斫堂（逼考、打子、最後得中回來見文，一共有四十多個鏡頭）這都是長影領導上照顧演員情緒的措施。現在看來，這部電影是可以爭取第一流水平的戲曲藝術片（這次我和言老師的化妝遠非遊園驚夢可比，大大的提高了一步）。這是值得高興的一件事。

龍手覆

國慶節

承飛：（向鵬程同學致念！）

你從上海和北京所發的信，都已收到。這次你參加出國任務，當然是艱苦的，但也是光榮的。我想中央首長審查下來，一定會決定你去的。聽說有些同學為了「安全」問題，思想上有顧慮。我認為這是不必要的。要知道黨中央能決定去一個劇團，大家的安全決不有問題。比利時我於五八年去過，那邊進步人士很多，還有一個「比中友好協會」，對於我們國內去的人，愛護備至。我們五八年訪問西歐，在比利時待的時間最多，你們儘管放心大膽的去，一定會受到很大的歡迎。祝你們演出成功，為國爭光。

至於小嗓子問題，我在那裡演過二十多場「贈劍」，觀眾並沒有感覺什麼異樣。主要我們唱過崑曲的人，尤其唱過官生的，對這問題不大。不過你這次主要的劇目是斷橋的許仙，現在你們的唱腔，都是按照葉派唱的，葉的嗓子能高不能低，因此有很多高唱腔。我決不是反對葉派，我認為可以儘量把高腔改為平腔，甚至低腔。因為要想讓外國人欣賞你的唱腔，或者嗓音，那簡直是「對牛彈琴」，把重點放在身段動作和面部表情上。「唱」，不但不要用高腔，甚至可以減少唱詞。比如原來八句或十句的，改為四句解決問題，千萬不要在唱腔上做功夫，希望觀眾給你鼓掌、叫好，那是妄想。這一點很重要，希望你向領導同志提出，就說是我的建議。因為五五年葉盛蘭去歐洲，也是唱白蛇傳，他在臺上大大賣弄了高腔，逢到高音，處處唱足輸贏，他認為這是在國內得滿堂彩的地方，一點不肯放過，結果台下嘩然，而且每次如此，他大為不快，說什麼也不再唱，劇團只好把他先送回來。你思想上不要害怕，只要照我前面所說的：重點放在身段動作和面部表情上，包你會受到歡迎。在外國演戲，臺上稍稍灑一點狗血是需要的。至於「念白」用官生嗓子念，多用膛音，少用尖音，逢到上聲、陰平需要用假嗓的時候，也不要突出，輕描淡寫地過去，不要拼命往上拔尖。注意注意！

販馬記寫狀把看狀子一段漏掉，我當年和程硯秋也這樣唱過一次，不但我自己不知道，連硯秋也沒有覺得，一直到寫狀下場，我在換青官衣的時候，管事先生跑過來對我說：「你陰了我了。」我還不懂。他說：我關照院子在下場門等你叫，你結果唱完一場寫狀，也沒有聽到你叫，豈不是「陰了我了」。我始恍然。

這次你團劇目裡有櫃中緣香羅帕不知道旦角是誰。另外，除了美娟夫婦和我們同學之外，還有幾位什麼人？打鼓、琴師是誰？便中望告知。

東四旅館我在戲曲研究院舉行訓練班的時候，住了一個不太短的時期，那時全國各劇種的名演員也都住在那裡，可謂「一時之盛」。粵劇的馬紅，豫劇的常香玉，汗劇的陳伯華，川劇的劉成基，京劇的關鷫鸘、李薔華，越劇的袁雪芬，山西梆子的王秀蘭等。那時的確很熱鬧。你團現在也住那裡，它們和藝術界很有緣。

北京天氣總不如南方滋潤，我到了北京也感覺乾燥難受，嗓子很容易發炎，你要注意寒暖。北京早晚和中午的氣候差得很多，如果估計要晚上才能回寓，必須帶一件毛衣或者大衣，不然很容易傷風。北京的水果比較多，最好吃天津大鴨兒梨，清火潤喉，青蘿蔔也好。

今日我休息，所以寫了這封信，前幾日實在一點時間也沒有。言老師已回來，十四日開始參加拍戲了。

龍手覆
十月十五日燈下

承飛：（男女同學們都替我向他們致念。）

來信收到。你們第一台的審查經過了沒有？首長和專家們有些什麼意見？至於呂團長講的小生唱大嗓，這是根本不可能的。如果不要小嗓，那末讓老生去唱好了。記得我們出國時，沈金波就唱過拾玉鐲的傅朋，李少春在國外也唱過許仙。硬要小生唱大嗓，那是「強人所難」。演員大小嗓都唱得出來的雖然不是沒有，但是很個別的，不是每人都辦得到的。

袁二小姐是俞派的忠實信徒，她的唱剛有餘柔不足，可是下的苦功，你們是望塵莫及的，所以她唱的曲子，字是字，腔是腔，板是板，決沒一絲含糊，你們值得向她學習。至於她的動作、表演，也就是票友玩玩而已。你對她的稱呼，按北京習慣，應該稱她「二姑」，因為她叫我五哥的。

我們為了交際處的伙食，很傷腦筋。想不到你們也遇到這種情況。逢到吃飯跑出去，的確不僅耽誤時間，而且遇到颳風、下雨，也很不方便，不知你們現在解決了沒有？出門人最不方便的就是吃飯問題。我們嫌交際處的廚房不好，現在拍攝階段，我們把一頓晚飯包給長影廚房，誰知電影廠的廚房更糟糕。現在還是由交際處帶去，到吃的時候在電影棚裡電爐上熱一下，否則簡直難以下嚥。

你說小班同學為了變嗓發不出音而苦悶，這是每個男人都要過這一關，性急也沒有用。記得我從十五歲倒嗓，一直到十八歲才恢復過來。在倒嗓期間，不能不唱，也不能多唱。而且唱的時候要用巧勁，不能用蠻力，否則把喉嚨唱破了就危險了。

小生根本不相宜唱現代劇，如果要我演現代劇，我喜歡演老頭兒。如果說傳統劇目還需要演的話，那末小生還是小生，當然，能多用一些膛音是需要的，像葉盛蘭的嗓子，嚴格的說，還不夠小生嗓子的要求，因為他根本沒有膛音。以後你回上海後，可以想法借一張小生前輩德珺如的唱片聽聽，人家的嗓子，才是真正的小生嗓子。

長春從中秋後一天冷到零下六度之後，後來就漸漸回暖，最近一陣，天氣比較溫和。不過北方的天氣，早晚和中午的溫度相差很多，北京當然也不例外。東北相差得更厲害。最近北京京劇團也到長春電影廠來拍「秦香蓮」，馬連良、張君秋、裘盛戎都說東北比北京冷得多。我們因為來了三個月，倒也有些習慣了。工作緊張，也有好處，什麼地方也去不了，走出交際處，跳上汽車到長影，跑出攝影棚，跳上汽車回交際處。就是中秋後一天的暴冷，的確使人驚奇，連從箱子裡取衣服都來不及，這也是沒有精神準備的緣故。

北崑到上海了，據說第一場演出就是晴雯，我叫岳美緹看了告訴我，還未接到她的來信。

鼓師高老師和琴師郝老師都代問好。

龍手覆
十月廿七日

承飛：

的確，好久沒有收到你的來信，使我很不放心，不知又發生了什麼情況。前天接到來信，方知道還在審查劇目和考慮劇目階段。

臨時把你抓上臺去演櫃中緣，這對你是有好處的。我們幼年都有過類似的情況，這個就叫做「擠」，是會有另一種體會的。解放後的青年演員實在太幸福，學了一出戲，經過啞排、響排，最後還要彩排。我們當年演戲的時候，大部分的戲都是擠出來的，哪裡來你們現在的這些條件呢。

話又說回來，有了扎實的崑曲基礎，再演京戲是比較容易的。京戲的規律摸熟之後，像櫃中緣這類戲，隨便說說就能上去。這次因為你是第一次，覺得非常緊張，再遇到二次三次，你是會慢慢習慣的，越是這樣擠出來的戲，有時可能會有「神來之筆」。不是你信上也說，演出效果比在上海演出的要好，就是這個緣故。

葉少蘭自從到了一次上海，對我的感情大大增加。你教過他醉寫，當然他也很感激你的，所以你來信說要向姜老先生學戲，我認為由少蘭同你去是最妥當的。現在看來，我的估計沒有錯。至於你這次應該學什麼劇目，我的意思，最好能把「玉門關」學下來，萬一時間來不及，你抄了劇本之後，要求姜先生先教「唱」，如果有時間再學念白，因為射戟，我和「姜」「葉」大致都相同的，而且姜先生還吸收了我的唱詞和唱腔（因為我是程繼先老師教的，和一般的有些不同）。玉門關是經過姜先生重改的，而且又加了一段二黃，還有一段快二六，這都是姜先生的創造，我和盛蘭都不是這樣唱的（姜先生改得相當不錯，但是我們都沒有向他學）。如果他同意教這出，那就最合理想。萬一他表示為難的話，也不必勉強，請姜先生決定就是。

袁二姑那裡去了沒有？思鄉已否開始學習，這出戲的唱腔比較規矩，所以只要有二三次就能完成。的確北京的研習社辦得比上海好得多，我也有這種感覺。主要上海的趙景深做事糊裡糊塗，辦事能力差，北京的曲友們，個個對崑曲有深切的感情，因此就有一種欣欣向榮的氣象，尤其袁二姑，從小就愛好崑曲，數十年如一日，這種精神是值得欽佩的。

你寄來的照片，人的確胖了，我以為你在北京中山公園照的。還是你師母的眼光厲害，她說：這是南方，不是北方。及之看了你的來信知道是在上海豫園所照。

北崑在上海的演出已結束，現在杭州演出。同學們看了晴雯，認為其它都不錯，就是唱的曲子不大有崑曲味道。但是上海領導同志們大加贊賞，認為北崑有魄力，敢於改革，敢於創造，因此同學們在思想上有些搞不通，小龍就來了二三封信談到這些問題。其實北崑這次到上海的時候比較合適，正是在號召推陳出新和二百方針。當然，主要內容就是要大家大膽創造，大膽革新，黨的每個方針政策，第一步就是推動大家「幹」，至於「幹」了之後發生什麼偏差和缺點，用第二步來糾正。他們都不懂得這些發展規律，瞎嚷嚷也是不對的。

你師母從本月初以來，左臂酸麻，左手指感覺麻木，但是還是堅持工作。昨日開始拍花園（現在庭院飛花絮一段唱，改為與梅香遊園時唱），下來就是「園會」。

東北的天氣，和上海、北京都不一樣。主要「風」非常尖利，稍一不慎，就會得風濕痛和關節炎。我是因為一到長春就有人關照我，所以保養得比較周密，因此還沒有什麼病症發現。

我們可能也要十二月下旬才能完成任務。回上海的時候大概是可以從北京走，我和你師母很想在北京住幾天，小同學們也都希望能看到北京的天安門和人民大會堂，但是到底如何辦法，現在尚難肯定。

如果斷橋不選中，你可能會回上海。當然我也知道你不會發生什麼思想問題，不過我的估計，你回上海的成分比較少，不知你的看法如何？

男女同學們都代問好！

振飛手覆

十一月十九日燈下

承飛：

前幾天接到你一封長信，我怕你已返上海，所以沒有給你寫回信。前天由電影廠回來，又接到你八日所發的一信，欣悉有人提出醉寫和遊園驚夢兩劇，我聽到這消息當然很高興。尤其言老師看了這信，喝了一大杯玫瑰酒。因為看了你上次一封長信，想到我們五八年訪問西歐這一次，也是給人把我們學校的人擠剩了我夫婦和朱老師三個人。這次，他們還是搞這一套，令人生氣。所以言老師聽說崑曲劇目也有抬頭的一天，她大為高興（那天我因感冒不能喝酒）。她和兆琳對飲了一杯，她說：就是不選中，也算出了氣了。

我們最後一堂布景是「墻頭」，已經拍了三天了，大概還有兩天就差不多了。下來還有一段「燕雙飛」（新加出來的），兩天可以拍完。全部完成之後，可能還要補一些鏡頭，估計到廿四五完全可以拍好。這次的任務，的確是艱巨的，有機會，我們當面再談吧。

我在上次給你寫信就說過，出國任務的變化是隨時會有的。現在，果然不出所料吧，恐怕以後還有變化，也不一定。聽說這次夏部長沒有在北京？如果他要抓這個工作，決不會這樣「烏搞」。

你們的醉寫開排了沒有？你對醉寫的修改意見，我同意這樣改。總的要求就是繁瑣的唱念和重複的動作儘量去掉，要「集中」、「精煉」。如果需要我給你加工，現在正是時候。只要文化部或者藝術局給我來封信，或者長途電話通知長影領導，我們廿六七日就可動身。言老師聽說文漪唱杜麗娘，她也願意幫助她加工和出出點子（這次墻劇電影劇本，言老師想出了很多點子）。

隨函寄影片六張，除了你自己留下兩張之外，送給袁二姑兩張，文華兩張。這是拍壞的片子，以後等全片剪接完畢之後，有大量的片子帶給你們。一面穿紅披的這個鏡頭是舞臺上沒有的。就是李倩君到了裴家花園書房住下之後，裴福主張要正式結一下婚，於是由裴福贊禮，梅香當喜娘，裴興（即張千）做吹鼓手，這個鏡頭在劇本上叫「瞞婚」，到是增加了喜劇氣氛。另外一張穿藍褶子的就是少俊第一場念「書生誰似我」引子的時候，舞臺上是裴行儉叫上的，現在改為少俊在自己書房裡自思自嘆的意思。

這次影片的色彩的確好。我們這次最占便宜的第一是底片好，第二是機器好（是美國最新式的，我們全國只有兩隻，長影一隻，上影一隻），第三是攝影師好（這次的總攝影師王春泉同志發揮了很大的威力。據說他和上海的黃紹芬同志是我們全國最好的兩位攝影專家）。我們兩個人的年紀，一共是一百零七歲，居然能拍得這樣年輕，實在很不簡單。還有好些更好的鏡頭，等我到北京再送給你。

這幾日工作將要結束，因此格外忙亂一點，所以我也不多寫了。

龍手覆

十二月十五日

一九六四年

正仁：

到京後由於全團同住在軍區招待所，一切行動都是集體化，而且上午每天要座談，有時下午晚上都是看戲，的確很少有空閑時間，因此到今天才和你寫信，很感抱歉。

這次觀摩演出，一共是六輪，第一輪到今晚為止，明天休息一天，後天開始第二輪。每一輪是五個劇團在五個劇場演出五個不同劇目。因此我們已看到了四個戲（準備今晚看自己的威虎山），計有蘆蕩火種、箭杆河邊、革命自有後來人、奇襲白虎團。

我們對於「蘆蕩火種」真是久聞大名，如雷貫耳，今日一見，果然名不虛傳。他們的成功達到了既緣現代生活，又有京劇特點。因為演員們在生活基礎上把傳統的表演程式（包括唱腔和鑼鼓點子）結合得絲嚴縫密，使這出戲的生活內容和思想內容和京劇的傳統表演形式達到了相當和諧的統一。尤其馬長禮演的刁德一，從形象、動作、道白、唱腔各方面都有意想不到的成功。更可喜的，他在念臺詞的「用嗓」方面，找出了一條既鬆又響的嗓音，而且肯定不傷聲帶，這是一個很大的成功，以後有機會你們都應該向他學習。

山東省京劇團演出的「奇襲白虎團」，在「武」的方面有很動人的創造，「翻」「打」都有特色，一致認為滿意。至於「自有後來人」和「箭杆河邊」兩個劇目，在劇本、表演、唱腔等方面還有一些沒有解決的問題。總之，雖然看了首一輪演出，但是每個人對京劇演現代劇都增加了信心，認為革新之路已經找到，有待於大家的努力了。匆匆順問

近好

振飛

六月十一日中午

致方家驥

方家驥（一九四五—）

上海崑劇團一級編劇。崑曲「傳字輩」藝人方傳芸之子。一九六三年畢業於上海戲劇學院文學系戲曲創作班。曾任上海市戲曲學校研究室編劇、上海市舞蹈學校編劇、上海崑劇團副團長、文化部振興崑劇指導委員會副秘書長等職。編寫《琵琶記》、《唐太宗》、《獅吼記》（以上與人合作）、《小羅成》、《兩岸情》等劇。

****年

家驥同志：

我昨日看到最近出版的《戲劇電影報》，在頭版即刊出中央文化部已同意經過修改後的崑曲「活捉」、京劇「烏盆記」、「探陰山」可以公開上演。這個文件首先發給上海文化局，同時亦發給北京文化局。很明顯，「活捉」這個劇目，當前來說，只有「上崑」能演。

這次因為巽龍目疾而把這個劇目抽掉了。我前一陣子聽梁谷音講，水滸記本來打算還安排演。張文遠由成志雄、蔡青霖來演。可能後來料想不是巽龍演，演出質量不保險而作罷。現在我想到中央文化部的文件，首先提到崑劇活捉開禁，我認為由蔡青霖單演一出「活捉」，讓梁谷音多給他排排，不如巽龍是肯定的，但蔡的腰腿工夫還是不錯的，如果梁谷音同意演，我認為演陽告那一場改演活捉，演思凡那場改演陽告，望你告訴銳生，首先徵求一下谷音的意見，如果她同意，再與青霖商談。我認為即使巽龍病癒，「活捉」這個戲，只能偶然演一次，應該要備個B角，如果谷音非要與劉演，那就只好等待巽龍病癒後再說了。

昨日崑團開會回家後，發現人民劇場的五台戲，美緹一齣戲也沒有。後來談到「墙劇」沒有巽龍的裴福，她願意放棄「墻劇」，改演全本玉簪記（據說秋江一場她又作了改動），這問題我昨晚打算告訴銳生的，但臨時又忘了。我認為墻劇改全本玉簪記也可以，就是少了一台劇目，如何來彌補，望囑銳生動動腦筋。你到北京，見著俞琳同志代我問好。

振飛

七月廿日下午

致顧篤璜

顧篤璜（一九二八—）

蘇州過雲樓主人顧文彬後人。曾任蘇州市文化局副局長、江蘇省蘇崑劇團團長。常年從事崑劇學術理論研究，主持編選了《韻學驪珠新編》、《崑劇選淺注》、《崑劇穿戴》，出版了二期《崑劇藝術》雜志。一九八二年倡議在蘇州重建了崑劇傳習所，親任所長，曾執導全本《長生殿》，並聯合蘇州大學創辦漢語言文學專業崑劇藝術本科班。著有《崑劇史補論》。

一九八一年

篤璜同志：

昨寄一緘，想已收到。這次「崑劇展覽」，我寫了一闋《百子令》（費了兩個不眠之夜），第三天又起了一個大清早書成一幅立軸（可惜時間晚了，來不及裝裱了）。

另外，找到我父親一幅肖像，是尹伯荃畫的像，馮超然補的景。尹伯荃是松江人，用毛筆當著我父親本人畫的。這種傳統畫法，從尹老逝世後已失傳了。同時，又找到我父給王君九先生寫的一張扇面（現已裱成冊頁），這對崑曲來說，確是名貴資料（扇面是王守泰送給我的）。恰巧超然、伯荃俱善唱崑曲。以上三樣東西現存我處，希請即日派人來取。

我大約卅日或卅一日赴蘇，決定後當再函告。祝

好！

俞振飛啟

十月廿二日

*此信件由中國崑曲博物館提供。

致顧兆琪

顧兆琪（一九四〇—二〇〇七）

國家一級演奏員。曾為上海崑劇團首席笛師，也是崑曲表演藝術大師俞振飛專任笛師。上海市戲曲學校首屆音樂班畢業生，師從陸巧生、許伯遒。笛風飽滿，底氣充沛，指法靈活，能背誦二百餘齣折子戲，與演員配合默契，深得葉劍英、俞振飛、衛仲樂等人讚譽，有「笛王」之稱。著有《兆琪曲譜》。

一九八一年

兆琪同志：

您來的電話我已知道，陸老師寫的一份「習曲要解」，由於我臨動身瑣事太多，我記得臨走時，將這份「要解」放在衣箱內，預備到北京抽空看一下，但想不到在北京比在上海更忙，因此葆苔返滬，我準備交給他帶給您。誰知道遍尋不得，據薔華料想，可能您回滬時我把「要解」交給您了，不知是否記錯。如果我沒有交給您，請您到我淮海路家裡，在我寫字臺左邊第一隻抽屜看一下，如果沒有，可以要求薔華的姑母徐老太太到我臥室內桌上、茶几上和臥床上找尋一下，如果找到，您約了陸老師和正仁，美緹一起讀一遍，如果大家認為可以，就不一定我再看了。至於「念的要領」，也可以這樣做，如果出版社一定要我們十月份內交齊稿件，也只有這樣辦了。萬一出版之後有大錯的地方，可以附一張校正的「表」。因為武漢京劇團的劇場新屋落成，定於國慶日開幕，特地派了兩位負責幹部來的，要君秋和我夫婦去武漢演出一個星期。十月十日之後，北京又要舉行王瑤卿百歲誕辰紀念，君秋是發起人之一，可能還要回北京演兩場，所以返滬日期，大概要十月廿日之後。您如有來信，請寄武漢京劇團李薔華即可。

振飛

九月廿六日上午

陶影同志一函，希請轉致為感！

一九八三年

兆琪同志：

我知道您這一陣子忙得夠嗆，所以有好幾個朋友（有北京的、有蘇州的、有上海的、甚至還有美國的）都希望我在錄音機中唱幾段，但想到您是最緊張階段，因此至今還沒有錄成功，只能暫緩一下再說。

我最近一次演出「醉寫」，我看到您帶了錄音機，不知錄到了沒有？如果錄到，我想轉錄一下，不知您同意否？

今天接到北京張允和同志的來信，她又提到買笛子的問題，她信上說：「如果您因工作忙，還沒有買，就不要買了，請您把上次交您的人民幣壹百元，除去郵費，餘下的錢，麻煩您交郵局彙到蘇州九如巷三號張寰如處。」據說她在北京已買到四隻笛子，準備帶到美國去。她的四姊張充和需要用。給您增加麻煩，托我向您道謝！

聽說現在美國學唱京劇和崑劇的人越來越多，目前已成立了五家票房，不但清唱，而且還經常舉行「彩串」，這種情況，上次項馨老也對我講過，使我感到奇怪。

另外，知道張充和於今年九月份要由美國到北京，當然還要來上海，屆時恐怕又要清唱一番，到時我再通知您參加。

允和同志由於身體不好，所以您處她就不再寫信了，託我向您道歉並致謝忱！餘俟面談，祝

好！

振飛手啟

八月一日

兆琪同志您好！

張允和同志最近從美國來，今日由北京來上海（今晚我請她看「白蛇」演出，坐在第八排一三號）。明日趙景深先生在家請她吃飯，還希望我去唱幾段，因此我想告借一支「尺字調」的笛子一用，如荷慨允，請於今晚交給正仁，明天上午由正仁帶給我，費神謝謝！祝

好！

向您愛人問好！

振飛啟

八月三十一日

致陸兼之

陸兼之（一九一六—一九八六）崑劇作家。自幼喜愛崑曲，專工二面、老外。記錄整理了《我演崑丑》、《崑劇表演一得》二書。一九六二年，由人民銀行調入上海市戲曲學校研究室，參與編寫革命現代戲《瓊花》，以及崑劇教材的編注工作。一九七八年任上海崑劇團專職編劇，創作、改編、整理劇本有《白蛇傳》、《唐太宗》、《紅娘子》、《牡丹亭》（以上與人合作）、《三打白骨精》、《畫皮》、《貴人魔影》、《爛柯山》、《玉簪記》等，並參與編寫《振飛曲譜》、《崑曲曲牌及套數範例集》。

一九八一年

兼之吾兄：

一別忽將一個月了，無任懷念！關於北京演出情況，想兆琪返滬早已告知，恕我不再重複了。本月十九日，我與葆玖演出「會審」，票價壹元兩角，昨日上午開始售票，一搶而空，據說這種情況，近年來北京很少有的，可能還要和君秋演一場（或錄音，或錄像），十月份還要我參加紀念王瑤卿百歲的紀念演出，看來我要陽曆十月中旬才能返滬。如晤陶影同志，請把情況轉告一下，我實在沒有時間寫信。

現在又要麻煩您代我寫一首詩，乃是祝賀君秋壽誕。他今年大概六十一二歲。由於近年他和北京許多名畫家經常在一起，他本來愛學齊白石畫的「蝦」，現在又學會了畫「小雞」和蘭花，因此不久他家裡請幾位畫家到他家裡吃頓飯，他一定要我也當場揮毫寫張字，請您隨意寫一首七絕就可以了。我和他從四八年起一同去香港演出（另外還有連良），那次演戲之外，還拍了「三堂會審」電影紀錄片。在會審旦角慢板過門中，把頭次進院，二次進院，三次進院以及關王廟等，都在電影表現出來，當時是歐陽予倩出的點子。我舞臺生活六十年，他夫婦特地到上海參加，合演「奇雙會」。他現在是戲劇學院的副院長，他很想演戲，但學院都是青年，他沒法同台演出，因此看到了我，好像見了親人一樣，他的這種心情，我很理解，也很同情。我最近移寓荀慧生家中，荀大嫂對我夫婦又是熱情，又是關心。也是一定要我們過了國慶再返滬。

前日（十六日）又收錄了兩個弟子，一個是美國科羅拉多大學戲劇教授，又轟動了北京戲曲界，另外一個許鳳山是現在正和蔡瑤銑演出牡丹亭的小生，條件不錯，就是唱唸方面，還得好好下些工夫。這次牡丹亭他們搞得很熱鬧，因此上座比任何一齣崑曲戲都好。送君秋的詩，希望您即日寄來（附信封）。據傅雪漪說，不日他要到上海為「唐太宗」作曲，崑團去常州等地演出，賣座情況如何為念。專此奉頤，順祝

健康

弟俞振飛啟
九月十八日

嫂夫人坤綏！薔華囑筆問候！

一九八五年

兼之吾兄：

茲囑美緹送奉陳從周先生所著的「說園」一冊，他送了我四本，今分贈一冊。關於「禦霜實錄」和「詩人王仲則」兩書，我已託人去買，俟購到，當即送奉台覽。附奉「舞臺與觀眾」一份，內有關於紅紅的兩篇文章，供您參考。「舞臺與觀眾」閱畢希賜還，薔華要把它留作資料。此頌

撰綏

弟振飛手啟
一月十六日晚

兼之吾兄惠鑒：

手書及贈紅紅文稿俱已收到。費神特謝！今日在電臺交美緹帶奉陳從周之《說園》一冊，「舞臺與觀眾」一張。您寫的詩和文章，比我想的更周到，今日已寄交新民晚報了。前天起，紅線女由感冒轉肺炎，已住進醫院。大舞臺的營業戲，要由紅紅頂下去，因此他們非常需要宣傳文章。林詳謙烈士題字，八個字很得體，不日寫就寄去。我的寫件越來越多，我一再聲明：「我不是書家，更不是詩人」，但送紙來的人還是不斷。真是「急煞人也麼哥。」舞臺與觀眾報一張，交王泰祺，或佟建良帶給我。特謝。即頌撰安

弟振飛頓首

一月十七日晚

致羅錦堂

羅錦堂（一九二九—）

字雲霖，甘肅隴西人。臺灣首位文學博士、元曲專家。現為美國夏威夷大學東亞語文系名譽教授。曾為香港新亞書院副教授、香港大學教授、德國漢堡大學客座教授、夏威夷佛教總會副會長等。著有《中國散曲史》、《錦堂論曲》、《行吟集》等。

一九七八年

錦堂教授惠鑒：

來示敬悉。先生對古老劇種——崑曲有數十載的研究，無任欽佩！所需彈詞和夜奔的錄音，在我們上海市戲曲學校崑曲班畢業生中，能演唱此兩劇的頗不乏人，當前來說，有兩點感到有些困難，一、將錄音帶寄到海外，恐怕海關方面不一定允許，必須有可靠的證明，才能通得過，弟正在托人詢問，請先生也向有關方面探聽一下。二、卡式錄音帶，國內產品，在質量上尚未穩定，最好由尊處將空白錄音帶寄來，據我朋友（愛玩錄音機的朋友）說，國內產品的錄音帶，在厚薄方面還不穩定，如果用在國產的卡式錄音機上問題不大，國外的機器，精密度較嚴，可能會在放送時軋住。現在請足下先瞭解一下空白錄音帶能否寄來，至於上海方面，聽說另外有個機關，關於對外藝術交流，可能是有規定辦法的，俟詢問後當再函告。匆覆順候

起居不一

俞振飛敬啟

十一月廿九日

一九七九年

錦堂教授尊鑒：

續奉兩札，誦悉蕪函已達。甚慰甚慰。

閣下在美執教多年，為宣揚中國古典戲曲，致力之劬若此，即在域內，亦所罕覯。尤喜美藉學子，沐春風之化，孜孜研求崑曲，遂使吳下謳歌，移作海西弦誦。振飛重洋遠隔，佳訊遼聽，欽企之私，曷可言喻！滬上已於一九七八年春，成立「上海崑曲團」，演員皆在英

年，陣容殊為不弱，在將近一年中，連續演出《十五貫》、《孫悟空三打白骨精》、《白蛇傳》等戲，最近正在公演《蔡文姬》。以上四劇均屬大型節目，問世以來，屢承各方讚可。振飛以垂暮之年，猶獲參加崑曲復興工作，洵是平生幸事。又蒙閣下神交萬里，關注殷殷，感何如哉？

今日欣值中美建交之期，想閣下定必願與振飛同祝兩國文化交流，日盛一日。今後貴校果能推薦高材，來華深造，彼此切磋，定多裨益。謹先表示歡迎之忱！尊意認為崑劇團可作訪美演出，此旨適副鄙懷。苟能稍盡綿薄，為兩國人民增進友誼，則八旬衰軀，尚不憚鼓枻一行也。

尊囑錄音，不日即可開始進行，一俟竣事，當即寄奉。振飛自幼習曲，七十年於茲，所憾徒增馬齒，未得驪珠。重以雅命，勉力為之，聊供參考。還希指其瑕疵，匡我不逮，叨在賞音，諒無遐棄。耑覆順候

起居不一

俞振飛敬啟

一九七九年元旦於上海

錦堂教授惠鑒：

首先向您致以誠摯的道歉！由於今年一月份，上海京劇團領導人和演員童芷苓等的再三要求，要我和芷苓等上演三天「金玉奴」。同時日本「歌舞伎」蒞滬演出。我晚上演出「金玉奴」，上下午天天和「歌舞伎」領導人和主要演員交流經驗，忙亂了幾天，感到十分疲勞，因而突患急性肺炎，在醫院住了將近兩個月，但至今精神尚未完全恢復。關於您的錄音帶問題，殊感焦急，一因我的「肺氣腫」較前有所發展，二因崑劇團曾去北京、南京等處演出，現在最困難的是笛師問題，崑劇團比較好的笛師只有一人，我們唱的人早已準備好，由於笛師抽不出時間來，一直遷延至今，殊感萬分抱歉，希請鑒諒是幸。

不久之前，我在朋友處借到錄音帶一盤，他把我歷年來所唱的崑曲唱片，搜集在一起，錄了一盤，我把它翻錄了兩盤，其中一盤，我於不久前託港友帶到香港，轉寄給您，可能其中有些唱片，您早已聽到，但內中有幾張「開明」公司灌的，流傳較少。您聽了這一盤錄音，可以瞭解到，我於二十多歲到將近六十歲的三十幾年中，對於發音咬字、唱法方面俱有一些變化，我想您聽到後一定會感到高興的。

您寄來的兩盤錄音帶早已收到。您於四月十四日和四月廿四日寄來兩函亦俱收到。今後如何惠函，請直接寄到寒舍，地址是：上海市泰安路一一五弄五號一室即可。

唐崇寶博士於昨日（二日）來舍，由於笛師工作太忙，正在想辦法，抽出時間來錄音。另外，我們劇團的花臉和老生，因演出忙碌，有的嗓啞，有的患聲帶充血，是以刀會，山門，彈詞等劇，我已託北京在錄音，現在可能趕不上唐博士動身之前把錄音全部完成，萬一趕不上交唐博士帶美，我一定在最近期內託港友由香港郵寄給您，好在香港方面回大陸觀光的人越來越多，無論如何，在不久時期中，定可將錄音帶奉上，諸希原宥是幸。致祝

夏綏

俞振飛手啟

六月三日

再啟者，我於今年元旦寫了一封覆函給您，由於雜務忙亂，繼而即患急性肺炎住院。後來《上海戲劇》知道我和您通過幾次信，他們認為古老崑曲居然美國有人關心。更聽到您是在夏威夷大學關於崑曲方面的教授，引為奇蹟，一定要把您的來信和我的覆信刊印在《上海戲劇》上，我一方面把最近出版的《上海戲劇》從郵局寄奉，不知已否收到？另外，我還是把原信附寄給您，敬希鑒收是幸。

振飛又啟

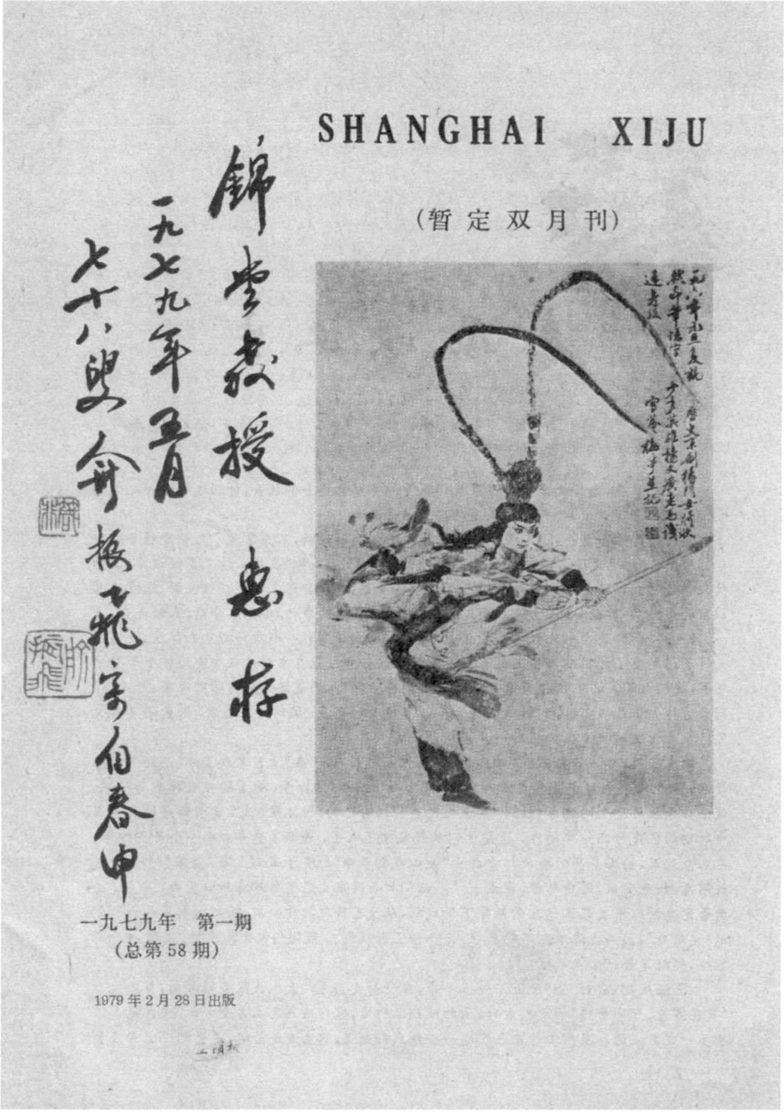
錦堂教授惠存
一九七九年五月
七十八叟俞振飛寄自春申

SHANGHAI XIJU

(暂定双月刊)

一九七九年 第一期
(总第58期)

1979年2月28日出版

一九八一年

錦堂教授惠鑒：

久未通音，想起居佳勝為頌。承賜彩蝶畫幅，早已收到，只緣俗事紛繁，未及函謝，深感歉疚，尚希鑒諒是禱。關於百蝶圖題詞，不日書就寄奉。茲有上海曲友孫天申女士來美探親，其子周祖康及媳在紐約通用電氣公司任工程師，將於八二年入籍，方能為母申請移民。為此擬懇閣下代為設法覓一教授崑曲之機會，但求可以住宿，其他待遇不論。希望過渡到其子入籍以後，即可另作安排。孫女士能唱五旦、六旦，並能串小生。國外情況我是一點不知道，請您和李方桂夫人隨時留意可耳。

前囑題百蝶圖譜，已書就太常引一闋，博方家一笑。對於繪畫，已四十餘年不動筆，上海戲劇所刊喬松貞石，乃是很多年前的舊作，他們也沒有取得我的同意就登出來了，真使我啼笑皆非。辱荷謬讚，深感汗顏。囑繪松樹小幅，勉強塗就，希弗笑是幸。

今因侄女關紅紅（即薔華之女）動身赴舊金山讀書之便，囑其帶奉松樹小幅及百蝶圖題詞一紙，敬請笑納。最近上海藝術研究所要我電視錄像，先在廣播電臺錄了音，計有荊釵記見娘的江兒水一曲，玉簪記琴挑懶畫眉兩支及最後一支朝元歌，長生殿驚變的泣顏回（即「攜手向花間」，與薔華同唱。），千忠戮慘睹的傾杯玉芙蓉一支。這次的嗓音還可以，先父當年一再強調，唱曲要唱出人物感情來，否則就是無情之曲，這次的錄音，我在這方面比較注意，一俟到電臺轉錄到後，當即轉錄一份寄奉。

這次紅紅赴美，首先要把入學問題和住宿問題解決之後，才能抽空趨謁。已囑其將書畫和信件先郵局寄奉。餘後再陳。

俞振飛頓首

一九八一年六月廿六日

一九八二年

錦堂教授：

多時未通音信為念！不久前，聽說孫天申女士在美演出崑曲「遊園驚夢」，據說您也莅臨觀劇，不知成績為何？

本來我只擔任崑劇團團長，現在因為戲曲學校老校長周璣璋因病逝世，因此又恢復了我的校長，同時，上海京劇院自從「文革」後一直沒有恢復，去年十月份，經過市委宣傳部批准，恢復上海京劇院，並指明要我擔任院長，這一下，給我增加了很大的麻煩，一天到晚在事務堆中打轉，因此屢欲和您寫信，未能如願，無任歉疚，希諒之是幸！

今有葉其璋兄赴美探親，他是浙江美術學院學油畫的，要求我介紹幾位在美國文藝界的熟人。因為他的妻子黃美雲，過去也是上海戲曲學校崑曲班的學生，故特書函為介，希請接見賜教為感！我家不久要遷居，您如來信，暫寄「上海紹興路九號上海崑劇團轉」，一俟遷定後，當即函告詳細地址。匆匆不盡欲言，順頌

康樂！

俞振飛敬啟

二月廿五日於上海

一九八四年

錦堂教授惠鑒：

多時未通音信為念！去年「上崑」赴港演出，居然出乎意料的轟動，想方桂教授和徐櫻夫人返美，必有詳細報導，這裡，我就恕不重複了。弟與內子自從返滬迄今，俱患重感冒，頭暈，頭痛，氣喘。尤其我是有肺氣腫的，最怕感冒。雖然經過服藥，打針，透視，收效甚微。當然主要原因，由於旅港四個星期，酬應之多，簡直忙亂不堪。同時，因老友們的一再要求，演出了四場。確實感到有些費力，雖然當時勉強對付下來，不料返滬後，天氣驟冷，因此我和內子俱患感冒，頭暈，頭痛，氣喘，尤其我素有「肺氣腫」病，最怕感冒，犯了之後，很不容易痊癒。按照目前情況，要乘十餘小時飛機，自己感到信心不足。萬一抵美後病

倒，豈不給你們增加許多麻煩。但又想到尊處為此事已籌備多時，結果我不能成行，實在感到說不出口。記得您最初來信，讓我們先到舊金山休息一下，您的盛意隆情，銘刻肺腑。這裡，我夫婦再一次向您表示十分感謝！臨穎神馳，不勝依依。春節已到，順祝

新春愉快

闔府增祥！

俞振飛拜啟

八四年一月卅一日

薔華囑筆侯安，並祝新禧！

暇希示覆，不勝企盼！寫給正仁亦可。

致梅蘭芳

梅蘭芳（一八九四—一九六一）著名京劇表演藝術家。工青衣，兼演刀馬旦，扮相端麗，唱腔圓潤，台風雍容大方，並經過長期的舞臺實踐，對京劇旦角的唱腔、念白、舞蹈、音樂、服裝、化妝等各方面都有所創造發展，形成了自己的藝術風格，世稱「梅派」。

日期約上世紀五十年代

畹華同志：

接到您的來信，說在「遊園」的曲詞裡有一句「迤逗的彩雲偏」的「迤」字，您先唱「拖」音，後來改唱「移」音。現在有一位宋雲彬先生，根據「集成曲譜」注明「元曲選」注音，說應該仍唱「拖」音。這個「迤」字的唱法，在我幼年十歲以前，聽到蘇州的一般老曲家，連我先父在內，是都唱「拖」字音的。到了我十幾歲上，就由先父與吳瞿庵先生商同了把它改唱作「移」字音。從此南方的曲家，都照這樣唱。現在可以說沒有人再唱「拖」字音的了。他們兩位根據什麼理由把它改唱「移」字音，這一點我可慚愧的很，因為那時我的年紀太輕，只知道按照先父的來唱，卻沒有加以研究。

他們兩位都已經過世，我們當然無法請教了。但是我想他們修改的根據，也出不了前人的韻書。我手邊這類韻書不多，就同兩位愛好崑曲歡喜研究音韻的朋友，到我的一位藏有很多韻書的老朋友家裡，請他找出了十幾種來。

（一）「顧曲塵談」是吳瞿庵先生的著作。「迤」字見於齊微韻內，讀作「移」，歌羅韻內讀作「駝」。

（二）「韻學驪珠」是清乾隆時沈乘麟著的。他把「迤」字只收在齊微韻內讀作「移」。

（三）「音韻須知」是清乾隆時王鵕著的。他說「委蛇」的「蛇」字或作「迤」，有兩種讀音：（一）作自得貌解，讀作「移」。（二）作行貌解，讀作「駝」。

（四）「洪武正韻」裡面，對這「迤」字有三種讀法：（一）委蛇的「蛇」，亦作「迤」，自得貌，讀「移」；（二）逶迤的「迤」，行貌，讀「駝」；（三）「迤邐」的「迤」，讀紙韻的上聲，與「以」同聲。

（五）「中原音韻」裡面，對這「迤」字只收入齊微韻，讀作上聲。

（六）「度曲須知」是明沈寵綏著的。他在「北曲正訛考」說「迤」字葉「陀」，不作

「拖」。其餘的許多種韻書內，根本不收「迤」字，也不必例舉書名了。這部「元曲選」有四百套曲子，我還沒有時間細查。照您來信說宋先生是根據「集成曲譜」注明「元曲選」音注讀作「拖」，想必是可靠的。

我們查下來的結果，「迤」字有三種讀法：讀「移」，讀「駝」，讀「以」。加上「元曲選」音注讀「拖」，共有四種了。這「迤逗」連用，只見於元曲，他書都不提起。

從以上各書中，可以知道從前的老曲家都把「迤逗」唱做「拖逗」，這無疑地是根據了「元曲選」的音注來唱的。先父與吳瞿庵先生的不唱「拖」字，大概是看見了沈寵綏在「度曲須知」裡「不作拖」的注解，才動議要改的。

他們三位為什麼都認為不作「拖」呢？這很簡單。一定是他們看到所有的韻書內都沒有提到這「迤」字可以讀作拖的根據的原故。

我們再來研究一下，這「迤」字同委或逶連用了的寫法，如「委迤」，「委移」，「委蛇」，「逶迤」，「逶移」，「逶蛇」，「倭傀」，多得不可計算。「正字通」裡對這兩個字是這樣說的：「載在史傳者，各家文畫雖異，其音義則同。」總而言之，都出不了一個來源，就是「詩經」裡的「委蛇委蛇」，與「委委佗佗」如果「迤」字與別的字連用，我們還是採用它的「移」音呢，還是採用它的「駝」音呢？這就不好辦了。有人說何不根據「迤」字的解釋，來定它的讀音？那麼「迤邐」的意思，在「爾雅」「釋訓」裡就解作「旁行也」。不是所謂行貌嗎？可是韻書裡又指定了要讀「以」音，我們當然不能把它讀作「迤邐」的。

所以韻書上告訴我們，是說看見「委迤」或「逶迤」連用的時候，應該先確定它的解釋，才好分別它的讀「移」讀「駝」。不是說看見「迤」字，就要把它讀作「駝」音的。又告訴我們，「迤邐」連用，是要讀作「以」音。也不是說看見「迤」字都讀作「以」音的。因此先父與吳瞿庵先生對於以上幾種讀音，實在都無法採用。只有讀它的本音，唱作「移」音了。

這是我們根據了韻書，事後推測他們改唱「移」音的道理。不敢說是準對的。也不過供您參考而已，還要請宋先生共同來研究一下。匆匆作答，言不盡意，請您原諒。

俞振飛

一九六一年

畹華同志：

好久不通音信，渴想渴想。上次嫂夫人莅申，因工作緊張，未能好好招待為歉。

遊園驚夢影片已於元旦日上映，一般反映，都說您的扮相、嗓音已恢復三十年前的樣子，尤其一般愛好崑曲的朋友，對這張片子著迷的頗不乏人。最近一期《上海電影》要我為遊園驚夢影片寫篇稿子，因為工作忙亂，他們又索稿甚急，雖然寫了一篇，但內容很貧乏，隨函附奉呈改。這期《上海電影》刊印幾張粵劇關漢卿劇照很精彩，該片最近才拍完，馬、紅已於前日搭飛機返穗。聽說源來兄已回滬，但尚未晤面。

俞振飛敬禮
一月廿一日

嫂夫人坤安　姬老致念

*此信件由北京梅蘭芳紀念館提供。

致宋鐵錚

宋鐵錚（一九三九—）

一九六二年拜俞振飛為師，「文革」前為北方崑曲劇院主要演員，曾主演《長生殿》、《牡丹亭》、《玉簪記》、《奇雙會》、《太白醉寫》等劇。「文革」後任職於中國藝術研究院資料館、紅樓夢研究所、舞蹈研究所，為副研究員。現長期生活在美國。

一九七九年

鐵錚同學：

來信收到。紫光同志的住處既然距離得很遠，你便中給他寫封信，主要是上海的崑曲研究小組，準備搞出幾個新劇目來，當前能夠寫崑曲劇本的人，實在感到寥寥無幾。由於紫光同志過去寫過幾個比較好的劇本（就是折子小戲亦所歡迎），你給他寫信時就是這點內容，同時把我上海住址也告訴他，費神謝謝！

如果見到朱復同志，告訴他，我最近比較忙，暫時不給他寫信了，請他原諒！隨函附寄《太白醉寫》劇本一份，這是過去正仁寫的，現在我們演出就按這個劇本，所有曲子的唱腔，你可寫信給顧兆琪（住址是：上海銅仁路六十一弄一三〇號樓下），或者你把唱詞另外寫一張，請他填上工尺就可以了。內中「梅占百花魁」這支曲子可以在《與眾曲譜》中抄一下。這出戲本來李白只唱最後一句尾聲，現在我們多唱一句，就是在高力士在脫靴時唱「看他沉沉酩酊迷歸道」，李白接唱「忽憶前生事不遙」，改由李白唱是比較恰當的。另外，最後一句「我雖是謫仙人，端不會偷桃」。過去老先生們都唱了破句，唱成：「我雖是，謫仙人端不，會偷桃」。現在把「謫仙人」的「人」字腔，加了一個「上」，又把底版放在「人」字上，這是我去年拍電影錄音時改正的。

最近崑曲又排上了《驚變埋玉》、《擋馬》、《昭君出塞》、《八仙過海》，可能要在這次上海市人代和市政協開會時作為內部招待演出。

豆腐粉您居然買到，朱復同志也買到五包，感謝您們對我的關心。據我估計，在陽曆年或者陰曆年，北京來上海的人一定比較多的，請您關照帶東西的同志，到上海只要貼四分錢的郵票，通知我到那裡去拿，我家阿姨對於上海的馬路很熟悉，因為我家在上海市的西北角，如果住在虹口或南市的人，對我家是很不方便的。這一點，希望您不要忘記關照。

「言子」問題，鬧得市委都已知道，很可能不久的將來，就有解決的辦法，你們單位建築的宿舍，一定是比較好的，以後就到你家來避冬。上海於昨日起天氣轉冷，說明冬天已經來臨了。最近幾天給正仁、王英芝指導《驚變埋玉》，比較忙一點，匆匆不盡欲言，順問

近好！

箴非

十二．十七

一九八〇年

鐵錚：

我於上月中旬，因重感冒而入院治療，於昨日（九日）才出院回家。讀來信，俞平老這種嚴肅認真態度，令人欽敬！給他的謝函，在入院治療之前寫了一點，今日才算寫完，隨函附寄，希於便中送奉平老，並代我致歉為囑。

「清平調」曲譜，清華同志早已抄給我，這次我醫院回家遍尋不得，今已囑其再抄一份，大約三五天內送來後即寄給你。

上次你演的《斷橋》許仙很成功，可喜可賀！研習社排的全部《牡丹亭》不知幾時可以

演出。世藕對演戲是很能動腦筋的，你們的演出本是不是上海於五七年紀念湯顯祖時所演的本子，還是你們自己搞出來的，便希告知。

侯玉山老先生，九十高令，居然《嫁妹》錄像，這是你為崑曲做了一件好事。侯永奎同志的病體如何？能夠錄一些片段的文戲也好。餘言後詳。

祝

好

振飛手覆

五月十日燈下

鐵錚：

七月十二日來信收到，這次的稿子，由於我這一陣確是忙亂，所以也是二三個人湊起來寫的，你的原稿也不錯，這次因沒有時間和你細談，所以有些地方我改了一下，以後還希望你幫我寫寫東西，由於我顯然感到年紀一年一年地大，腦筋一天一天的差，只能希望你們幫忙了。

照片我單人的很少，隨函寄上一張，希望他們重拍放大後用吧。袁玉坤同志的《書館》，據我猜想，一定比崑曲的好，這次我沒有看到，深感遺憾。《群英會》、《打侄上墳》等有機會我真想由錄像機錄下來，但像《狀元譜》這種戲，我已忘得乾乾淨淨了，據蔡正仁、王泰祺他們說，他們有些地方還想得起來，只好以後有機會再錄吧。《穆柯寨》和《春秋配》都學會了嗎？《春秋配》有幾個小動作，我到北京給你說一下。你能多寫毛筆字很好，宋揚寫隸書很好，用舊報紙寫大字（至少一尺見方）。餘俟面談，即問近好。

振飛手覆
七月十六日

一九八一年

鐵錚：

來信及紀念蕭老的文章早經收到。最近一段時間，由於出門兩個多月，各地來信一大堆，而且有些信別人無法替我代筆。同時，我儘管不是書家，可是要我寫字的人越來越多，有些外埠來的人，在他離滬之前，一定要帶走的，因此忙亂不堪。俞琳同志囑書之事並無忘記，主要實在沒有時間。晚上往往要我看戲的較多，送來了票子，有的本人還來面邀，這樣，只能硬著頭皮去看。看到比較好的還值得，有些不好不壞的演員，我實在看不下去，但也非看完不可，有的還要上臺拉手、拍照，確是一個負擔。昨天給俞琳同志寫了一小幅，隨函寄上，望設法轉交。由你代我打個招呼，這幅字的紙小了一點，一俟稍微清閑一些，我再寫一幅稍大的，希請對我原諒！

程老師題《十三絕》畫幅的這張字，當時是我代筆的。最近看到有一份戲劇刊物上刊印了一頁扇面，該扇面一面分四格（兩字兩畫），兩格畫的是尚小雲和姜妙香，兩格字是余叔岩和程老師。這一擱也是我的代筆，很想換一種體，結果，我寫的還是像我，但當時程師是感到很高興的。

蕭老的文章題目，用《憶蕭老二三事》很好。你要的彩色底片，因為太多了，薔華要經過相當時間才能找到，一俟找到，當即給你送去。

燈心絨如果帶到，貨價若干，望勿客氣，望即告我，當即交郵彙寄。此復即問近好！

振飛手覆

一月廿四日

鐵錚：

連來兩函，並平伯先生的序文一篇俱已收到。平伯先生的文章來得這樣快，真使我喜出望外。由於近日開會比較忙，稍過幾天，寫好謝函之後，當即給你寄去，還是由你轉送。

《醉寫》的《清平調》的譜，現已定下來，本來已囑正仁在錄音機中試唱一遍，因為最近他們排戲忙，抽不出時間來，我已關照正仁，抄一份簡譜給你，由你先來試唱，假如你感到什麼地方彆扭，依照你的想法，改動一下，由於這個譜，我們也套用了一些古琴譜，因此唱詩的時候，不準備用笛，打算用「箏」和「琵琶」，就是每一首念完後，仍需用《雁兒落》接吹打，怎樣接法，本來是由顧兆琪負責，現在他們正在搞《花燭淚》的唱腔（雖已搞好，尚須修改）你們先來創造一下，可能比我們想的更好。（簡譜已囑辛清華抄一份）即日當即寄給你。至於「叫你高力士便怎麼樣」？改得很好，就這樣念吧。

最近我唱了一次《奇雙會》，由於精神愉快，唱得比較滿意。可惜電視臺沒有錄下來，我感到很可惜。因為去年我和君秋演《寫狀》，電視臺錄過像，這次他們廣告上只寫《販馬記》三字，應該下面要寫明「哭監、寫狀、三拉、團圓」。電視臺認為我還是演「寫狀」，所以沒有來錄。《寫狀》中正仁他們把「八月中秋桂花香」一節抽掉了，我同意這一改動。多少年來，我每一次念到「夫人命犯乖張」這一句，感到不可理解，所以去了這一段，反而覺得緊湊。這次又感到旦角唱到「破指瘋」後，小生念：「一個人得了兩樣的病症，分明是假的了」。一個人怎麼能說：不能得兩樣病症呢？以後再演，我打算要改一下，你看怎樣改法比較妥當？

這幾天香港滬社票房和戲校聯歡合演四場，同時，（市）人大在開會，政協參加列席，大會、小會比較多，我不多寫了，即問　近好

振飛手覆
四月十五日

鐵錚：

《清平調》譜寄上，這是屬於一種吟哦方式的腔，辛清華參用了一點七弦琴曲的旋律，我認為可以用，但沒有學過琴曲的人可能會感到彆扭。實際這等於朗誦，你認為不順口，可以隨意改動一下，就是有一點應該注意，寫的時候吹「雁兒落」牌子，每一首寫完，笛子停，用箏和琵琶等樂器，接四拍子過門，吟完一首後，又接笛子「雁兒落」，這要和笛師研究一下，我還沒有試過。

振飛
五月十三日

鐵錚：

本來我已發現「滿目」和「雨後」的問題。現在題目的字我又重寫了，從速送到印刷廠去。如果雨後的版已做好，請他們重新再做一次版，所有費用由我負責付給，望你速去聯繫為盼。

關於過去軍閥們的內戰，我是極為痛恨，具體情況，我過三五日給你通信。

祝　好

振飛

七月廿一日上午

鐵錚同學：

來信早已收到。我隨團赴青島去了一趟，回來因在船上受了風寒，至今仍在感冒。上海《文匯報》與劇協發起紀念梅先生逝世二十周年，已定於本月十至十二日演出三場梅派戲，我和玉茹演《寫狀》；與沈小梅演《會審》（這是我要求電視臺把我的王金龍錄像錄下來作為資料）。北京方面，紹武伉儷特來長途電話要我參加，還希望我和葆玖演一場《寫狀》，當然義不容辭。我可能本月廿日左右赴京。我想托你購買八一年第二期的《戲劇藝術論叢》

四本，書款望墊付，到京當即面俟。因為向我要這本書的很多，中國戲劇出版社贈我的壹本，早就給人拿走了，上海各處問過，都說沒有。望你向出版社說明我要，請他們照顧一下。良晤不遙，餘面俟。祝

好

振飛

八月七日上午

鐵錚同學：

茲介紹京劇二團編劇王涌石同學（他是戲校畢業生）準備即日去北京，希望你給他介紹幾位（如王湜同志等），他想搜集一些材料。介紹信請即面交涌石同學可耳。祝

好

振飛

十月廿三日

你是否肯定本星期六去杭州，如果見到傳瑛、傳淞同志，望代切實致念，尤其傳瑛同志的病情如何，極為惦念，如何情況，便中望來函告知是盼！

鐵錚：

今晨（二十七日）陳默同志親自把豆腐粉三包送來，我因這幾日忽然血壓有所增高（下面九六）（上面一六〇），可能最近一個階段開會、看戲忙了一點，由於我是晚上很能睡的，其他七八十歲的人，每晚睡六小時左右就可以了，我非要睡八小時多，甚至九小時、十小時都能睡，睡得越多，精神就較充沛。前一陣因有事晚睡早起，缺覺較多，這也是血壓增高的原因之一。因為這樣，陳默同志來的那天，我還沒有起床，殊感抱歉！我對陳默同志已經久仰大名，這次你在上海和我也提起過幾次，而且這次他由衡山飯店一直跑到我家，說明陳默同志也願意和我當面談談，失去了這個良好機會，不勝遺憾！望你代我向他致歉、致謝是荷！

江蘇省舉行過戲曲會演，結束得不久，至於崑曲，浙江的團剛成立，上海的團可能要明年春夏之間，前一陣江蘇省本來打算要在南京開一次崑曲會議，討論一下今後的崑曲應該如何搞法（包括唱腔用不用牌子，咬字有的要從蘇音，有的要用中州韻，有的要用普通話），因而爭論很大，故擬在崑曲會議中來解決這個老大難問題。

葉帥的《遠望》詩，用崑曲唱腔，首先是蘇州蘇崑劇團要求我填的，我在上海市政協慶祝十一大會上清唱了一次，後來辛清華也填了一個譜（他是給岳美緹、華文漪等唱的，所以高腔比較多）。最近聽說北京也有人填了一個譜，如果你找得到，給我抄一份寄來。那要我填的曲譜，過幾天我抄出後寄給你，（朱復處我好象寄給過他，你如遇到他，就說最近他的來信已收到，過幾天我會給他回信的）。

上海已冷到過零下二三度。我家陽臺上裝窗的問題，可能過了陽曆元旦有希望動工，如能實現，那就要暖和得多。專覆順問

近好！

箴非

一二・二七・下午

一九八二年

鐵錚：

上海崑劇團於國慶節在西安演出，最初上座平平，從《牡丹亭》開始，接下來是折子戲，營業一天好一天。我是十月七日與蕾華乘飛機到西安，先和蕾華演了一場《寫狀》，售了一個滿堂，最後一天，我演了《醉寫》，不但滿堂，有很（多）演出單位的演員買不到票，硬擠進去，站在太平門口看戲，陝西省馬文瑞第一書記也到場，並在臺上一同攝影。據到場負責人說，自從一九五四年梅先生到西安演出，有這樣的哄動，二十年餘年來，還是第一次出現這樣的盛況，因此劇場和劇團感到皆大歡喜。

我與崑團全體，於十月廿一日來武漢，廿四日首場演出，由我大軸演《醉寫》，湖北省和武漢市的首長全部到場，觀眾情緒熱烈。由於經過西安演出，得到一個經驗，應該先演折子戲，可以一場戲介紹好幾個演員。演出四五場折子戲後，再演《釵頭鳳》、《牡丹亭》等大戲，觀眾對演員熟悉了，上座才有把握。

西安地方，秦腔賣座最好，豫劇次之。越劇團在西安就不上座。崑曲自古以來，沒有到過陝西，連京劇在西安也吃不開。這次上海崑劇團居然轟動西安，才知道西安是個文化之邦，大學也多，因此大學教授和大學生，知道崑曲是古老劇種，但從未見過。據說西北大學是國內最早的一所大學，校長郭琦，愛好文學和書畫，他曾邀我到他學校講了一次課，並吃了一頓午飯，談得很投機。西安的名勝古迹實在太多，我們花了兩個整天，只看到一小部分。你如果沒有到過西安，我希望你能夠遊歷一趟，可惜有些地方離市區都有六七十裡，沒有汽車是比較困難的。

西安有大雁塔與小雁塔。我因時間關係，只到了大雁塔，這才知道《見娘》中的「雁塔題名感聖恩」的出典。原來古代中了「進士」，一定要到雁塔去題名（等於現在的簽名），其他如沉香亭、華清池、馬嵬坡等有許多地方都和我們崑曲有關係。

現在要告訴你一個好消息。我們在西安將近結束之時，接到中央文化部的長途電話，要崑團於十一月廿一日開始，在北京人民劇場演出。我們劇團的書記和副團長，都於昨日去北京聯繫，如果沒有更動的話，我們於十一月十五六日就要到北京了，希望你告訴一下玉成

（他回京否？）風山等，另外，如果電視臺要我錄一點崑曲的像，這次倒是個機會，希望你去聯繫聯繫看。你如來信，寄「武漢市江夏劇場上海崑劇團轉」。如果十一月十日左右，即寄上海我家。因我們準備回上海拿一點冬衣，同時安排一下家務事。

振飛手簡
十月廿六日

一九八三年

鐵錚：

來信早已收到。你的來稿，基本上是可以用的，關於薔華的問題，她不希望說得太多，因此我略微改動了一下，你有暇看一下，如果認為可用，你就交給他們吧。

演員講習班不知你參加工作否？俞琳同志要我參加講課，我到今天還沒想出應該講些什麼？希望你也代我出出「點子」。最近一年多來，家裡來客和來信越來越多。白天接待一批一批的來客，晚上經常被拉去看戲，不要說寫文稿，連寫一張便條的時間也沒有，甚感到有些累。暇希來信。

振飛手覆
七月六日下午

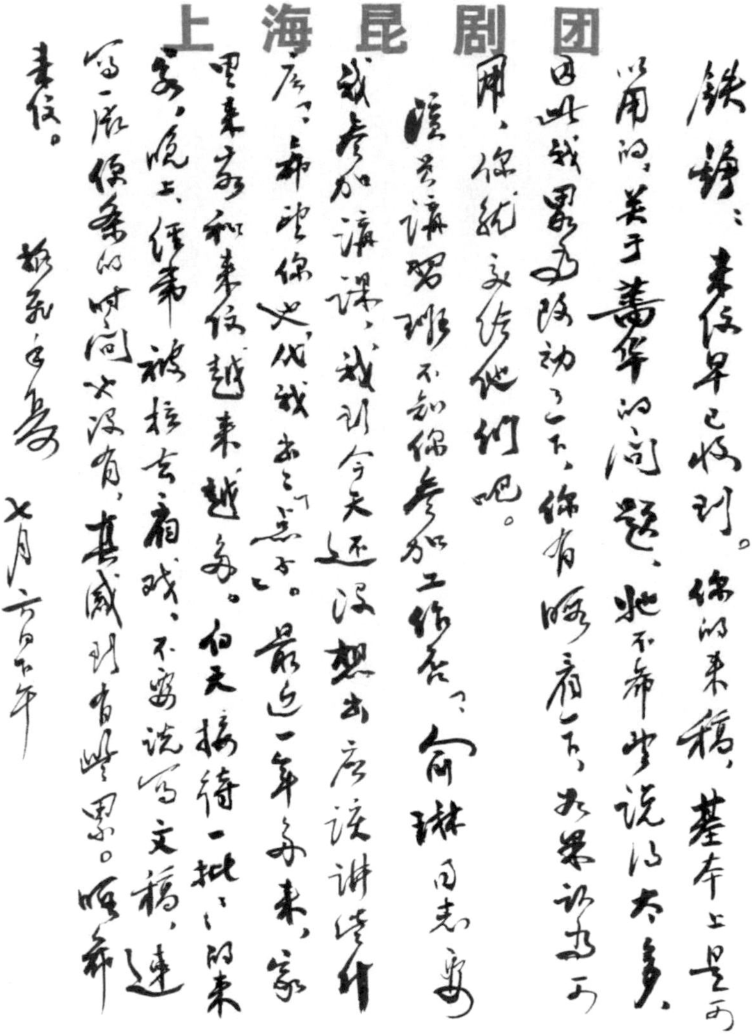
上海昆剧团

鐵錚：來信早已收到。你的來稿，基本上是可以用的，關於"舊年"的問題，我不希望說得太多，因此我略為改動了一下，你有暇看一下，如果認為可用，你就交給他們吧。

演員講習班不知你參加工作否？俞琳同志要我參加講課，我到今天還沒想出應該講些什麼，希望你代我出出主意。最近一年多來，家里來訪親友越來越多。白天接待一批一批的來客，晚上，俾弟被拉去看戲，不要說寫文稿，連寫一張便條的時間也沒有，甚感到有些累。順祝

來信。

振飛手書

七月六日下午

*以上致宋鐵錚書信十二封，由國立中央大學戲曲研究室提供。

一九八五年

鐵錚：

昨日接到上崑打來長途電話，華文漪託我給你打個招呼。這次五月份上崑的演出，一共七場，五場由上崑演員演出新學會的傳統劇目，另外兩場，專門請香港與國外的崑曲愛好者演出。現在香港有鄧宛霞、楊世彭、顧鐵華等，美國有盧燕，準備演出「遊園驚夢」。其它北京的，蘇州的，南京的，希望大家來看戲，演出實在沒有時間了。世彭打算演全本奇雙會，如果時間不夠，只好請他單演一場寫狀（由文漪配桂枝），所以你想演的「聞鈴」，只好等以後有機會再請你演，要我向你表示歉意！

我們大約十三日離開香山，究竟住在哪家賓館，要明後天等劇協來電話通知，一俟搬定後，再通知你。餘面談。

振飛手簡

四月九日

致孫埜鎔

孫埜鎔（一九二四－二〇一〇）著名書畫鑒定家、收藏家孫伯淵長子，化工專家。

一九八四年

埜鎔同志：

前日接到寄來訃告，驚悉令尊因患心臟病症，已於八月八日逝世，至感悲痛。記得數月前在書畫展覽會上握晤歡談，看到他很健康，雖然比我大三歲，精神較我飽滿。但心臟病卻是可怕，想不到那次見面之後，竟成永訣，極感沉痛，並向您們致以誠摯的慰問。希望您們保重身體，節哀勵志，為祖國四化建設作出更多的貢獻！並希　身體保重。

俞振飛啟

八月廿六日

致孫天申

孫天申（一九三二—二〇一六）
著名崑曲清曲家，工五旦、正旦，擅演《斬娥》、《驚夢》、《佳期》等。
一九八四年拜俞振飛為師，兼習冠生。

一九八七年

天申：

我因眼睛開刀後，醫生不許我看書、看報、寫字，薔華也是一天到晚忙亂，一直到今天才給你寫信，殊感抱歉。

你的來信和寄來的手錶俱已收到。我的眼睛開刀非常順利，醫生自己也認為這次的手術，他自己也感到滿意。

我來美國走了五六個城市，覺得在夏威夷幾天最為愉快。你對我們的接待，無微不至，更難得的，唐教授夫婦的熱情，飛機場接送以及遊山玩水，最後還飽餐了唐夫人親手烹飪的名菜，是我們在美國吃到最好的一次標準中國菜，請你先給我們致以衷心地感謝！

魏莉莎於今日寄來壹佰元壹張的支票，她這次擔任講課翻譯，只好等她以後到上海來的時候，再報答她的盛意了。

最近上海有長途電話來，報告「上崑」的兩個好消息。（一）北京每年對全國各劇團評一次「梅花獎」，每年只有十個演員，去年冬季評的十個演員中，「上崑」占了五個，計有華文漪、計鎮華、王芝泉、蔡正仁、岳美緹。這次是轟動全國戲曲界的。（二）今年七月底，英國愛丁保舉行「蘇格蘭藝術節」，要「上崑」去演莎士比亞名劇「麥克白」，據說上海領導已決定要我帶演出團去英國，因此我們可能於四月底五月初去香港，等在香港中文大學一次講課講過後，可能就回上海，等七月份與「上崑」同赴英國。這是我們當前的打算，最後，還要等上海的來信。

前幾天接到上海來信，據說兼之先生的肺癌已蔓延到淋巴腺，恐我回上海已見不到他了。我和他是從十幾歲孩子時代就認識，數十年老友，不能見到最後一面，不禁老淚潸潸。本來他女兒想來美國，現在恐怕也不能來了。

要講的話太多，只能暫時擱筆，餘後再詳了。順問

近好

唐教授夫婦和他的老岳母俱煩致謝！

蕾華囑筆問好。

還有一位郭教授，名字是不是叫「穎頤」，下次來信告知，當再寫一張照片送給他。

希望你打個電話給魏莉莎，她寄來的壹佰元支票已收到，代我表示感謝！

振飛手簡

四月一日

致王守泰

王守泰（一九〇八—一九九二）業餘崑曲理論家。一九四六年協助其父王季烈整理《正俗曲譜》，並開始研究崑曲曲學。五〇年代完成第一部崑曲聲律方面的專著《崑曲格律》，後由江蘇人民出版社出版。一九八二年由他發起並組織蘇州、上海、揚州、南京等地的曲學家聯合編著《崑曲曲牌及套數範例集》，任主編。

一九八一年

瞻岩先生尊鑒：

兼之同志轉下扇頁，謹以收到。十年動亂中備受衝擊，先人手澤，蕩然無存。今蒙惠賜，感何可言。況此係令先尊君老遺物。＊火已滅，焦尾琴尚在人間，良足以證兩世交誼，留曲壇佳話矣。當付裝池，什襲珍藏之也。

閣下精研音律，久飲香*。頃聞尊著已付印刷，深願及早問世，以餉廣大讀者，為詞苑一振聵聾。謹函布謝，不盡區區。順頌

新年康樂

俞振飛謹啟

一九八一年一月四日燈下

會間地址：上海市淮海中路一七五三號二〇二室

*此信件由中國崑曲博物館提供。

致吳新雷

吳新雷（一九三三—）

南京大學文學院教授、博導。現為中國崑劇古琴研究會顧問、中國紅樓夢學會顧問、中國古典戲曲學會顧問、中國明代文學學會顧問、中國戲曲學會常務理事。早年師從陳中凡，最早研究「俞派」唱法。並發見路工所藏《南詞引正》，送交錢南揚發表，從而把崑劇的歷史提前了二〇〇年。著有《中國戲曲史論》、《兩宋文學史》、《曹雪芹江南家世考》等，主編《中國崑劇大辭典》。

一九七五年

新雷同志：

多年未晤為念！您的來信和南京大學學報都已收到。因為正在您來信的時候，文化局組織了一個學習、參觀小組，參觀了「金山工程」、「馬橋公社」，以及工業展覽會和農業展覽會，又討論，又談體會等等，現在小組活動暫停，心情比較安定了一些，一直拖延到今日才給您寫信，深感歉疚，希諒之是幸！

我於四月初到北京，主要是中央文化部對於「古為今用」，「推陳出新」，召集了幾次會議。總之崑曲劇種的保留是肯定的。這次江蘇省參加調演的《平原作戰》，唱腔方面，上海有些崑曲老師和新音樂工作者都幫了很大的忙，據說演出後，領導上和革命文藝工作者都表示得比較滿意。最近聽到中央有指示，囑蘇崑的《平原作戰》即日去北京，參加國慶演出，我聽到這消息，感到非常高興。您信上說得很對，崑曲演出革命現代戲，必須既有革命的內容，又有劇種的特色。

關於要使崑曲出現新面貌，我希望您要多出一點力，在批判繼承傳統方面，要用得恰當，確是要費一番心血。

我近年為了家庭問題，搞得我心情很不愉快，由於有肝火發不出，多年抑鬱，形成了「神經官能症」。現在主要是不想吃東西，但硬吃一點也可以，不過數量很少，雖在不斷服藥治療，奈收效甚微。

您寫的關於《紅樓夢》文章，我準備仔細閱讀後再和您通信。如荷來函，暫時仍寄「江蘇路，一〇〇六弄十一號」。我的家一定要搬，可是幾時能搞到房子，尚不可知，匆覆不盡欲言，祝

好！

如有機會見到陳中凡教授，希請切實致候是禱！

俞箴非敬覆
九．十八

*此信件由中國崑曲博物館提供。

一九七六年

新雷同志：

惠函領悉。胡忌同志這次在滬曾晤談兩次，甚快！您給他的信，他也給我看了，知道您於一九六二年所寫「俞派唱法」的講稿，很可能還找得到，使我聽到了感到高興。因為現在上海文化局，成立了一個「唱片收藏組」，全國數百餘個劇種俱有留聲機片，據說共有二三十萬張。關於崑曲唱片，先父和我的都齊全的（這些唱片，聽說都是「抄家物資」）。該組受理人之一，是我一個老朋友（他對京劇很有研究，崑曲卻一點不懂），因為不久的將來，把各劇種唱片整理完畢後，對每一劇種的優缺點，都要寫一份材料。關於崑曲（他很注意「俞派唱法」），要我給他一點材料。由於他提出這個要求，我就想到您的大作，如果您能把六二年講稿找到，您還打算為崑曲的古為今用、推陳出新，談談您的看法，這是我舉雙手歡迎，「五一」節不知回無錫去否？

關於粟廬曲譜未刊稿，由於從五原路搬到華山路東西擺不下，我有兩隻箱子，專放文稿、書畫、舊紙，以及碑帖等物，當時寄存在戲曲學校。因為戲校後面有一排空房，但和「文化廣場」只相隔一墻，一九六九年文化廣場失火，把戲校的一排空房，全部燒光，我的兩隻箱子，當然也付之一炬，這是萬萬想不到的事（您寄給我談俞派唱法的一本大作，也在兩隻箱子內）。

去年到北京，那時我身體很不好，自己的政治問題也沒得到落實政策，忽然中央文化部要我乘飛機赴京，我的心情受到很大激動。到了北京，主要是要我在崑曲方面擔任顧問，同時，也希望我把「太白醉寫」拍成五彩電視，正在這個時候，我忽患「支氣管擴張咯血」病，在醫院住了十七天，出院後，就回上海了。我從七一年患「急性肺炎」後，現在有「慢性支氣管炎」和「肺氣腫」，對於唱，恐怕是沒有希望了。最近文化局囑岳美緹和蔡瑤銑合演「琴挑」，美緹一人演「拾畫叫畫」，都要拍成彩色紀錄片，作為資料，現在我在給她們輔導（這消息請保密）。匆覆不盡欲言，順問起居佳勝！

俞箴非敬啟

四．二八下午

*此信件由中國崑曲博物館提供。

新雷同志：

惠函及「講稿」俱已收到。相隔十餘年，您居然把舊稿找到，令人喜出望外，只是給您添加了麻煩，敬致誠摯的感謝！

我的身體從外表看，確比前兩年胖了一些，但由於兩年多不上班，工作並不累，領導和群眾對我的關心和照顧是無微不至的。這幾天正在緊張地排練「太白醉寫」，已定本月廿七晚正式彩排，聽說市委和市革會首長都要來審查，因此更增加了我的精神緊張。崑曲尚有岳美緹、蔡瑤銑的「琴挑」，岳的「拾叫」，蔡的「思凡」，另外老生計鎮華有「酒樓」、「搜山打車」（他已拍好一出「彈詞，中央文化部表示滿意」）。至於「岳」於去年在北京，曾把宋詞錄了音，有幾首是辛稼軒的，但也有岳飛的「滿江紅」，以及其他人的。所有唱腔工尺譜，絕對保密不外傳，有機會我再問問岳美緹。我耳疾越治越不好，現已聯繫到第六人民醫院，約定明日上午去看。餘言續陳，順候

起居！

（修覆較遲，希能諒之！）

箴非手啟

五・二四

一九七九年

新雷同志：

惠函敬悉。學報早已收到。關於溫州崑曲您們瞭解得這樣清楚，給我增加了對於崑曲的歷史知識，感到十分興奮。恰巧最近溫州文化局長來滬，並向我們崑劇團提出要求，希望崑團到溫州去演出一段時間，我們已於前天派了劇團負責同志到溫州去瞭解情況。由於他們提出，希望演出兩個大型劇目——白蛇傳和蔡文姬。因為要演這兩個戲，舞臺要寬大，而且要有一定的高度和深度，據說他們一定把最高級的劇場給我們演，假如一切都沒有問題，我們準備在七月中旬動身前去，如果我的身體吃得消的話，我也準備隨團同去，同時用錄音機錄些溫州崑曲唱腔回來，作為學習研究之用。就在二三天內，我們劇團的人回滬後就能決定是否肯定去演。

陳沂同志於六月廿七日晚飯後就來我家，他可能與匡校長是同鄉，他的口音和豪爽的態度，相當像匡老，我們劇團的要求，陳老認為問題不大，就是市委方面的經濟問題，他還沒有瞭解過，萬一目前付不出這樣大的數目，可以分兩次或三次付，看情況，匡老替我說了很多好話，因此陳沂同志對我的態度非常親切，他已準備搬進康平路市委宿舍後，把電話號碼告訴我，有事可以隨時和他通電話，請您轉告匡老，不要為我擔心，同時，請您代向匡老致以深切的感謝！另外請您和匡老講一下，蔡正仁給匡老轉錄的錄音帶中，把我唱的一段新崑曲「念臺胞」也錄了進去，等我問明後，即把唱詞和唱腔抄就寄奉。

上海崑劇團的演員，由於「四人幫」把他們都派在京劇團，演了幾年京劇，現在再改回來唱崑曲，以致咬字方面，很多都念成「京」音。南京和杭州的崑曲都是按傳字輩老師的念法，蘇音較重，蘇音重，主要是「支時」和「機微」、「姑模」和「歌羅」、「灰回」和「皆來」頗為混淆不清。這問題我本想在去年江蘇省崑曲座談會上提出，後來為了湖南湘崑俱念湖南音，頗得觀眾的歡迎，這樣，我就沒有勇氣提出來，關於崑曲的念字問題，希望聽聽您的意見。匆頌

近好！

向匡校長道謝！

箴非手啟

七月一日下午

新雷同志：

上次匡校長帶回的錄音帶中，據蔡正仁說，轉錄了一支我唱的新崑曲，我以為是對台廣播時我唱的那段「念臺胞」，昨據正仁說，錄的是葉付主席的「遠望」詩，今將遠望的曲譜寄奉，希請轉交匡老為荷。

上海崑劇團已與溫州談妥，准於本月二十日後去溫，劇目主要是「墻頭馬上」，以及三四台折子小戲，我擬隨團同去，順便旅遊一次雁蕩山，專此順候

近好！

非手啟

七月四日下午

新雷同志：

大函及惠賜《南京大學學報》五冊，俱已收到。正仁、美緹等都託我先致謝忱，不久他們會直接給您寫信的。夏威夷羅教授處，因不日香港有人來，我託他們在香港郵寄較快。

尊作雖把字數緊縮，但對一些重要問題，還是說的很詳盡，我這半路出家的演員，捧讀之餘，殊感慚悚，敬謝敬謝！

這次崑劇團去溫州演出，正是您說的，溫州觀眾有愛看崑劇的傳統，除了「墻頭馬上」之外，另有兩台折子戲，也是場場滿座，尤其梁谷音的痴夢、思凡，岳美緹的跪池，蔡正仁的醉寫，觀眾贊不絕口，想足下聞之，當亦感到欣然色喜。專此道謝，順候

起居不一

匡校長晤時希代致候！

箴非手啟

九月廿一日

一九八〇年

新雷同志：

您上月來信，早經收到，今日又接您（五日）所發一緘，敬悉一切。匡老寄往武漢的信，亦已轉來，曾寄覆函，未知收到否？

此信到時，未知匡老已否離寧，如果還未動身，請您告訴他，上海有個老中醫王天德，經常給我看病，北京胡厥文先生生胃癌，也特地赴京治療，他能用中藥治癌，說明他對醫道方面相當高明，假如匡老願意到上海來看中醫，我可以介紹，現在王醫生相當忙，凡是經他

治療的，吃了他的藥方，人人都說好，不是一般中醫可比，希望他考慮。我春節前後，可能要搬家，一二日內可決定地址，來信暫請寄「紹興路九號上海崑劇團」轉較妥，匆覆不盡欲言，餘再續陳，祝

好！

振飛手覆

二月十一日中午

*此信件由中國崑曲博物館提供。

新雷同志：

久未通信為念。接讀手書，得悉匡校長對薔華調動工作問題，念念不忘，老友情深，銘感無任。關於有一次我給匡校長寫信，恰巧薔華在旁，她就問我：「能不能請匡校長寫封信給陳丕顯書記，可能調動工作可以快一點。」當時我看到薔華的心情很急，因此就在信上加了幾句，後來接到匡校長來信，這才感到自己太冒失，要想向匡校長致歉，知道他已出國，所以這封信始終沒有寫，現在他還想到這問題，還托您向我道歉，同時，還想到薔華調到上海後，不要馬上登臺演出，匡校長這種盛意隆情，使我感激涕零。今附奉致匡校長一函，請

您轉交他家有人赴湯山時帶去為荷。

中央文化部給我舉辦的「舞臺生活六十周年紀念會」，日前接到文化部文告，准於四月十四日開始，有五場到六場的演出，其中有京、有崑。一切事務，俱由上海文化局藝術研究所經辦。我可能於第一天晚上演出一場《太白醉寫》，據聞北京張君秋同志很有興趣參加，他要我給他合演奇雙會寫狀一場。但我只能到時候看精力是否吃得消再決定。

據聞今年下半年，江蘇省崑劇院要舉行一次崑曲會演，不知有否確定，如有消息，希函告是盼。

最近您在搞《紅樓夢》研究，對於崑曲「紅樓夢」是否亦在研究之中？四月七日或八日起，華文漪和岳美緹在藝術劇場上演「晴雯」，這是向北崑學習回來後，又修改了一下，究竟如何，我還沒有看過。

蕾華為了調動工作問題，於三月廿日去武漢，最近接到她的來信，據說一切手續俱已辦妥，四月初即可返滬。餘後再詳，匆覆即頌

近好！

俞振飛手上

三月卅日燈下

新雷同志惠鑒：

久未通音，殊深渴念！

上月中旬，曾接匡老來信，知道他已入「八三醫院」療養，最近想已恢復健康為念。兩個月前，上海崑劇團分兩個隊，分赴湖南及蘇北，兩處的賣座情況極盛，一天演出兩場還不能滿足觀眾的要求，因此改為一天演出三場，有幾天甚至上演四場，演員是比較辛苦的，但心情極為舒暢，對崑曲今後如何發展、提高，有了強烈的信心。足下聞之，當亦感到高興。

茲有致匡老函，希請設法轉去為感！順候

暑綏

俞振飛啟

七月七日

一九八一年

新雷同志：

久未通信，馳念良殷！

最近幾個月由於俗務紛繁，在春節前後，忙亂更甚，因此曾於二月九日至十九日，去杭州住了十天，精神疲勞，稍見恢復。

近接北京張庚同志來信，要我參加大百科全書「戲曲卷」的分編委員會。實際我對戲曲方面真是一知半解，深感慚悚。但最近接到通知，「戲曲卷」分編委員會的籌備會，已定本月十七日至廿三日，共開一個星期，假如能抽空，準備到您校拜訪匡校長和您，因此請您轉告一下匡校長，同時，還請您把您辦公室的電話號碼，和匡校長的電話號碼寫信告訴我。您來信請寫：中山門中山陵十一號招待所中國大百科全書出版社會務組轉。良晤不遙，餘而盡。祝

好！

俞振飛啟

三月十四日下午

我十六日乘飛機到寧，請您十六或十七日來信為盼！

請代我向匡校長夫婦問好！

一九八四年

新雷同志：

久未通音為念。承惠《曹雪芹江南家世考》一冊已收到，謝謝。近日俗務紛繁，尚未拜

讀。承囑題簽，書就寄奉，如不合式，請函告，當再重寫，千萬不要客氣。由於近半年來，左眼患白內障有所發展，對毛筆字的書寫，頗有影響。

我可能最近要到南京，大概本月十日左右可以決定，當再函告，匆覆不盡欲言，順頌

春綏

俞振飛啟

一九八四年四月八日

如晤匡老，希請切實致念！薔華囑筆候安。

致辛清華

辛清華（一九二八—）

上海崑劇團一級作曲。畢業於夏聲戲劇學校，後調入上海市戲曲學校任教。師承衛仲樂，長期致力於崑劇音樂教學和作曲，為大量的演出劇目進行了音樂創作。如一九六四年曾為革命歷史劇《瓊花》譜曲，之後陸續為《蔡文姬》（與傅雪漪合作）、《釵頭鳳》、《牡丹亭》和《占花魁》等劇譜曲，樹立了各種不同戲劇人物的音樂形象。

一九八八年

清華同志：

囑書一件，書就寄奉。如果認為不合適，望來函示及，當再另寫，不要客氣。

我從前年去美國住了七個多月，又在香港前後住了將近兩個月，在這期間，從不曾與親友們寫過一封信，也沒看過一本書，最近因收到朋友相當多的信，想寫幾封回信，但感到腦筋麻木，寫不出來，可能是已屆龍鍾之態的時候了，今年虛歲已八十七了，出現老態是不奇怪的，您說是嗎？龍年已到，祝您萬事如意，身體康強為頌！

俞振飛頓首

一九八八年二月

致徐希博

徐希博（一九二八—）

出身崑曲世家，祖父為崑曲家徐淩雲。先後向崑劇「傳」字輩藝人沈傳錕等，以及京劇名師陳富瑞、李克昌學習花臉。曾在江蘇省蘇崑劇團、蘇州市京劇團、上海市戲曲學校編研室從事編導工作，創作《雪夜訪賢》、《南郭先生》、《回春記》等作品。主編《京劇文化詞典》等。

一九七三年

希博弟：

昨日晤談為快。花生米是我最喜歡吃的東西，但現在來說，很不容易買到，承您惠我一大包，再一次向您表示感謝！

昨因鄭老的關係，我忘記了兩件事。一、關於膽固醇高應該忌食的一些東西，據您說，您處有張單子，希望您抄一張給我。二、據說您現在對膽固醇高服的一種藥，要八塊錢一瓶，不知是什麼藥，請您抄個藥名給我。

您給我來信，信封上就寫：「華山路一〇〇六弄十一號王菊英收」，下款就寫「本市徐寄」（因為阿姨的妹夫也姓徐）。實際上，在現在情況下，用不著這樣緊張，但我認為在最近六七年中，任何問題也沒有發生過，還是小心一些比較妥當，不知您認為若何？阿姨那裡我已和她講過了，沒問題。您的來信，請於本星期三下午付郵，因為星三是「言子」的廠禮拜日，說不定他看見郵遞員送信來，可能他就中間拿去撕掉。當然，這種情況還沒出現過，但也不能不有所警惕。專此順候

儷祉

箴非

四．九．下午

希博弟：

這次您去蘇州為你父親舉辦葬事，我不但不能前去參加祭祀，連獻個花圈也不能如願，內心感到歉疚，祈請原諒是幸。回憶在一九三三、三四年之間，那時我和程硯秋正在一起演戲。你父親常到我家來玩，他看到我每天由練功老師錢富川給我練腰腿，打把子。有一次他看我練功完畢後，氣喘吁吁，他態度誠懇地對我說：「現在小生演員中，妙香、盛蘭和你大有鼎足之勢，但是你們三人各有專長，『姜』對唱工方面有創造，『葉』對武功方面基礎比較好，你在文戲的『念白』、『面部表情』、以及『身段動作』方面，由於有崑曲底子，因此也能獨樹一幟。今年你已卅餘歲，在腰腿武功方面，你再怎麼用功練習，也趕不上葉老四。我看你的發展方向，應該在文戲方面。」他的一番話，給我的啟發很大，當時我就按照他的話，致力於文戲。雖然這些話，相隔已四十年，但還記憶猶新，思之愴然。

您這次回滬後，希望介紹一二位醫生朋友，檢查一下心臟和腸胃。最好約在您家見面，或由您同我到醫生家中。當然，假如您事忙，稍緩幾天無妨。專此順問　近好！

向您愛人致候！

箴非

五・三

希博弟：

這次承您和椿兄對我的熱情關懷，給我介紹了沈醫生，銘感無既。

星期天上午九時我去到海梧公寓，及之和沈醫生一見面，才知過去我們在朋友家和宴會上曾見過好多次面，他和我過去的愛人黃蔓耘也認識，因而談話內容更加豐富。沈醫生對我的病，用聽筒聽了心臟和肺部，同時，也撫摸了脾胃和肝部，認為都沒有什麼問題，但從我的舌苔厚膩並帶黑色，說明腸胃不清。至於我的胃下垂，問題也不大，但對消化方面是有一定影響。更主要的，還是我的家庭問題，促使我的精神上產生一種憂鬱、焦慮，有時甚至提心吊膽，這些情況，是影響我身體健康的重大原因。您每次和我見面，也都提到要心情舒暢的問題。我的一生，自知不是一個心腸狹窄的人，更不是一個頑固不化的人。您對我的這些情況，瞭解的比較清楚的，但如何能得到心情舒暢，確實是感到麻煩重重。

沈醫生給我開了很多種藥，有的還需要「進口」，只能盡一切力量來想辦法。「藥醫不死病」，說到最後，還是要歸納到「精神」上，您說是嗎？書不盡言，餘俟面談。先此致謝。順候

儷綏！

枕扉

五・十四・下午

希博弟：

您對我家那些雞毛蒜皮的事這樣關懷，我內心的感激，不準備再表態了，那就是「盡在不言中」。

我堂弟俞建侯來信，他可能在六月十二日要來滬。今天我給他去信，希望他於六月二日來滬，由於每逢星期二五，我要參加戲校的學習，而且時間是由下午十二點半開始（由於有伙房師傅參加的關係），這樣，在時間上比較局促。如果他必須六月一日來滬，問題也不大，我向戲校打個請假電話就可以了。這次我堂弟來滬，我希望您也來（隨帶蘇州醫生的藥方），不管是六月一日或者二日，我等堂弟來回信後，我至遲於本月三十一日來通知您，看完病，我希望您就在我家吃頓便飯，決不當您客人，望勿卻是盼。專此順候

儷祉

箴非

五・二十六・下午

希博弟：

今晨我堂弟俞建侯的親戚到我家來，據說我弟婦最近有病，所以這位親戚準備本月三一日到朱家角去探望，順便我托他帶了一封信去，我對堂弟說，假如他愛人的病不很嚴重，我還是希望他於六月二日（星六）到上海來玩一趟，據我估計，他可能是會來的。總之，不管他來不來，六月二日您還是到我家來午飯，藉此可以多聊一回（我不再另外通知您了），藥方您還是帶在身上。我家阿姨，經過您兩次和她談話，有顯著轉變，對我來說，您幫了我一次大忙，感謝感謝！餘面盡，順候

儷綏

箴非

五．廿九．下午

希博弟：

星三聽傳達報告後，下一天又讓我接見了一個華僑代表團的成員李伯言。他過去是北京中華戲曲學校的副校長（就是李玉茹當年學戲的學校），現在李伯言是英國歷史大學的教授。星期四上午九時我到國際飯店去和他晤面的，這也說明情況好轉的具體現象。

我想麻煩您一件事。我因對於「麥乳精」覺得吃了很舒服，過去買到的，現在只剩一罐了。由於這東西不是買不到，而是要碰巧。我想到您的朋友比較多，託他們隨時留意，如果有出售的，給我代購一二罐，也有塑料袋裝的，我也要，多少不論。但有一點，這是我托您代購的，貨款若干，您代墊後，一定要當面算清，千萬不能和我客氣，至於時間，以及買到幾罐（或幾袋），沒有限止，但不要為這件事太操心，買得到就買，假如碰不到機會，慢慢再留意可也。

最近我在曙光醫院做了心電圖，結論是「大致正常」。「膽固醇」二四〇，我的年齡也不算高。下星期一，還要檢查一次「肝功能」。曙光醫院的醫生和許寅很熟悉，因此診療也比較仔細。昨天我在醫院遇到許寅，他問起您父親的情況，過一天我準備給您介紹一下。老許的脾氣直爽，分析力也強，和他交交朋友是有益無損的。

您如果覺得累的時候，可以到中藥店買一種「脫力草」煎服（二分錢能買一兩，一次煎服），假如家裡有紅棗，加在一起煎，療效更好（紅棗加八個到十個）。如果嫌苦，加點白糖也可以。我試服過幾次，都有一定的效果。此問

儷祉

箴非

六．十六．下午

希博弟：

多日未晤，時在念中。您於五月卅日下午來我家，我忽然於五月卅晚上，小便呈粉紅色，最初我以為服了進口貨的多種維他命丸，是藥物顏色的反映，因此我即停服，但六月一日、二日的小便仍然是粉紅色，為之焦慮萬分。後來經過醫院檢驗，據說是鹼性的關係，醫生給我開了西藥「氯化銨」，服了三天，到今天為止，還沒有顯著療效，我很想和您研究研究，如果明日上午您有空的話，可以就在我家便飯，藉此多聊一會回，不知您近日的精神狀態如何？是否能來？

我這一陣為了小便問題，經常跑醫院，上次您建議我找傅麗琳談話，我還沒有去，如果本星期日我的精神夠得到，我準備到傅家去一趟。餘言面盡，順致

儷佞

知

七・十三

希博弟：

兩星期沒有晤面，也沒有接到您的來信，深為繫念！最近天氣大熱，有時跑一趟醫院，就感到疲勞不堪，因此我也沒有來看您，不知近來您的身體狀況如何，便希函悉為盼。

八月一日上午，戲校黨支書曾到我家來，囑我好好休養，抓緊治療，叫我還是繼續休息，不要上班。領導上這種無微不至的關心，使人感動。

前天（八月三日）我又參加了一次到國際飯店和香港來的粵劇演員參觀團晤面，一起去的還有袁雪芬、王文娟。從晚上七時一直搞到九點多鐘。據文化局幹部講，這是參觀團指明要和我們三人見面，由於香港傳說我們三人已不在人世。這次參觀團的團長是陳錦棠，是粵劇名演員薛覺先的徒弟。這次的會面，搞得氣氛相當融洽，我和他們中間一些比較有名的演員，照了不少張照片，還在他們拿的紙扇上簽了名。這些情況，我已經七八年沒有遇到過，所以雖然回到家中已十點多鐘（來回都是文化局的小轎車接送），精神還能頂得住，並沒感到十分疲勞，這就說明「心情」問題的重要性，您說是嗎？

傅處有沒有什麼回音？如果沒有，不必再去問了，不知您以為如何？順候

儷祉

知

八・五・下午

希博弟：

昨日在大雨當空的時候，您到我家兩次，您對我的這種熱情關懷，心感難言。惠我的芝麻壹包，愧領謝謝！

您約我明日（星期天）上午到您家午飯，後來我想到朱家角堂弟俞建侯，前天來信說於十日後來滬，很有可能明天要來，現在我決定明日下午四點鐘到您家，和您談心兩小時，您千萬不要預備晚飯，因為我每天的晚飯非常簡單，所以我準備六時由您處回家。自從上星期五去國際飯店以後，又連著兩個晚上葆玥葆玖來看我，都談到十點半鐘，從昨天起到了下午六七點鐘，精神感到疲勞，這兩天我準備早睡幾天，一俟精神恢復一點，我一定會到您家來吃飯的。專此順問

儷祉

箴非

八・十一・

希博弟：

今日上午走訪唐老師，據他家鄰居說，他每日起床後，即至他妹妹家去，要傍晚時回家。可能因他家住處狹窄（在假三層樓上住一小間），愛人白天上班，飲食問題不好解決。我覺得您前天講得很對，不管怎樣，這份報告，早晚是要用的，現在請您於星期四（十六日）上午九時左右來我家，一起商量一下提綱問題，不知您有閑暇否？萬一上午不空下午來，或下一天來，請您打傳呼「九二一八六六」，叫他們到華山路一〇〇六弄十一號我家來關照一聲，較為省事。我覺得這份東西我們要趕快寫出來，以免被動，您說是嗎？

唐老師處，我準備給他一信，徵求一下他的意見（信上不談言子的事），如果他同意接見我，請他給我一個時間、地點，據我估計，沒有拒絕我的理由。

前天我家阿姨，把您伉儷送她的餛飩，吃了一頓餛飩淘飯，吃得很滿意，託我向您伉儷道謝！專此順候

儷祉

枕扉

八・十四・下午

（您家的傳呼電話號碼便希告我）

希博弟：

昨晨您給我送雞來，當時我剛醒，也聽到了兩聲雞叫，但萬想不到是您到我家來，當時我就怪阿姨為什麼不叫我，據說是您叫她不要叫的，真使我既感謝，又抱歉，您的一番盛意，盡在不言中了。

唐老師於星期五（十七）下午到我家來的，他對於我到國際飯店去的事，以及市革會一辦幹部和我談話等等情況，完全都瞭解，聽他的口氣，解決問題的時間不會太久。關於「報告」問題，他也同意這樣做，而且他也關照我，必須等宣布解放後再交上去，和我們的想法是完全一致的。他又說：對於言子問題，不能像夫妻離婚那樣經過法院就能解決問題的。他認為要到外面去瞭解瞭解其他人，有沒有類似這種情況，人家是怎麼辦的，假如問題不能徹底解決，以後還是有麻煩的。據我的估計，如果言子聽到我解決問題後（當然我也不準備對他隱瞞），首先就是要大門上的鑰匙，更主要的，他要想盡辦法把阿姨攻掉，這樣，他在華園十一號就能「一統天下」了。所以我們這個報告上，最後一定要提到如果不和言子徹底解決，很有可能要危及我的生命（由於他在外面究竟交些什麼朋友，我是毫無所知的。）。現在言子在里弄裡造輿論，說成他和我是有深厚感情的，最可惡的就是阿姨在中間破壞他和我的感情，現在我們弄堂裡，同情他這種胡說八道的頗不乏人，甚至最近有一二次和少朋夫婦談話，在他們講話中，隱隱約約也有所流露。至於阿姨脾氣急躁，舊意識比較濃厚，這都是不可否認的事實，但從今年一月三日言子上了工作崗位，阿姨的態度，改了不少，也可能是我們里弄幹部劉采娣給她進行了一系列思想工作(由於每星期一三五她們在一起讀報學習)。劉采娣是共產黨員，退休工人，雖然年屆花甲，頭腦還是比較清楚的。

有一次我向言少朋反映言子廠禮拜回來的情況，言說：「過一天我準備到華園找里弄幹部瞭解瞭解情況。」過了幾天劉采娣對我說：「前天言少朋曾到姚美琪家去，不知在搞些什麼？」姚是住在華園七號汽車間樓上的。據說她娘家過去是開過銀樓的，現在在一家小學裡當教師，她在華園裡是擁護言清卿，反對王菊英的健將，但在華園弄堂裡叫我「好伯」的只有她一人，原因不詳。自從少朋與姚談話後，對我向他夫婦反映言子的事，他的態度就有些似聽不聽的樣子。有一次禮拜二晚上等到十二點多鐘不見言子回家，禮拜三上午十點鐘，還是不見踪影，我一方面反映了劉采娣，另外，我打電話給少朋，要求他打個電話到廠裡去瞭解一下，他認為可能是「調休」，結果電話沒有打。禮拜三言子回來說是「調休」，出現這種情況，似乎少朋是早就知道的事，究竟他們舅甥之間怎麼回事？令人不解。因為有一次我向少朋反映言子情況，少朋就說：「要把這孩子教育成為一個一般的青年，我看還有一大段距離。」我說：「只好麻煩您大舅多操心了。」最近一個多月，言子廠禮拜回來的情況，我也不向言氏夫婦反映了。

關於言子在二三年來，每天吃午飯，從上午十一點到下午三點，說不定在什麼時候回來吃，晚飯從下午五點到晚上十一二點，想吃就回來，不想吃就不回來，睡覺從晚上八點多鐘到半夜一點多鐘，也是高興回來就回來，沒有準時間，還有很多次根本住在華園小朋友家

（每次不回家睡覺，我都向劉采娣反映的），每個家庭，雖然談不到什麼組織性紀律性，但是任何人家，對於吃飯睡覺時間總有一個規定。但言子就是這樣為所欲為，最初我還講過幾次，他的回答：「這是你妨礙我的自由。」這雖然是生活小節，但長期這樣，對我的精神折磨，實在感到受不了。這些問題，是不是也需要列入報告之內，請您考慮決定。

不知不覺寫了三張，我也不囉嗦了，容於晤面時再談吧。先此致謝，順侯

儷祉

知

八・十九・下午

希博弟：

來函收到。蘇北來滬的書記，是不是您們劇團的領導，不知有什麼好消息帶來否？

我從注射了ATP後，精神比較爽朗，兩腿行走也較有力，現在就是每逢吃飯時候，不感覺得餓，吃了也並不感到發脹，總之中樞神經得不到鬆馳，這是一個主要原因，所感到煩惱的是自己控制不了自己，您對我的關心和照顧，同時，不斷地對我勸慰，雖然最近一段時間，比過去是好了一些，但氣鬱還是無法消除，我想您不會斥我是頑固不化吧？

小鬼問題，我是深切地希望您幫助我搞出一個辦法來，過了下星期三，我們能見一次面，尤所切盼。覆候

近好？

向您愛人和小妹妹致念！

知啟

八・二十六・下午

希博弟：

我這一陣身體時好時不好，中間還患過感冒，因此也沒寫信約您晤談。另外，思想上又出現一個矛盾，關於「輕骨頭」問題的報告稿，心裡很急，很想早一點把他搞出來，但一看到這份材料，又會感到「堵心」。實際上，這份材料可心說已經很全面了，尤其您寫的東西層次分明，我也沒有更好的材料補充進去。但有一點，在有一次和市革會幹部在戲校談話時，對方忽然這樣問我：「你所有的材料，是不是都是你自己寫的？」我極力保證，七年來沒有別人代我寫過東西。因此我對於您給我這份材料，反復看了很多遍，我想把我慣用的一些字句和字眼補充進去，這一下，我給自己添了很大麻煩。現在我正在開始謄寫一份，在

謄寫中把我一些慣用的字句和字眼調換進去，但由於「堵心」，每次謄寫一點就放下了，一直耽誤到現在還沒完成。現在我決定不管完得成完不成，本月十三日（星期四）上午九時左右，我到您家來，面談一切，請您在家等我一下，但午飯我還是要回家吃的，請您不要和我客氣。容暇面盡，順問

儷祉

知

九．十

如果您沒有空，要改日子，那麼請您給我來張明信片就可以了。

自從您去南京後，我為了修改那份報告，特地和許寅同志談了兩次，他看到我心情激動，因此一方面安慰我，一方面自動地答應我把這份東西搞出來，及至他把底稿送來時，我總覺得把問題看得簡單了一些，但又提不出具體意見，於是每天都在盼望您回來，後來收到您從蘇州發來一函，我以為一二天內您一定可以到滬了，可是一天一天的過去，還是不見到您回來，一直到十月十六日您到我家來，我的心情真像「久旱逢甘雨」一樣。您看了底稿，就認為老許對家庭生活問題（尤其是我和言子的這種特殊情況），他沒有較深的理解。

只這兩句就搔到了癢處。這次經過您的兩次修改，我是感到滿意的，但是為了這份東西，一次又一次地修改，耗費了您許多精力，使我感到不安，只好等待問題解決後，再向您表達我的感謝了（到了解決言子問題時，肯定還有預料不到的問題出現，到那時，還是需要您的幫助）。明天我不出門（由於是星期三），準備把底稿再謄清一下，過了本星期四，再送您看一遍。今天我到戲校去領「轉診單」，碰見唐文林老師已恢復全日上班，這對我來說是比較有利的，我想您知道了，一定也會替我高興。

「王女」回鄉祝壽的問題，她今日向我提出不準備去了，前天我和您講的話，完全可以不需要了。我由於您對我的心情是最瞭解的，因此不論雞毛蒜皮的事，都要給您添麻煩，希望您的原諒是幸。

您談起的（七二一）藥品，如果有辦法，請您先給我買兩瓶，費神謝謝！

今天娘娘買到兩隻「鹹蹄膀」，準備送您一隻嘗嘗。我因今明兩日在家看守老營，星期四還要防備「小鬼」用「調休」或「病假」在家賴一天，希望您於星期五（二十六日）上午到我家來拿一下，藉此請您看一下謄清的底稿，假如您有事不克分身，請您發一張明信片，由我送到您家也可。餘俟面談。順致

希博弟　　鑒之

向您愛人和小妹妹致念！

希博弟：

接讀來信，欣悉美緹已於二十四日下午分娩。這個好消息，鄭麟於昨晚（二十六）來我家告知，他也提到您對美緹的關切，表示感謝！據說鄭麟的姊姊過去是和您同學，經常在一起玩的，這就說明都不是外人。這次美緹生了一個女孩，她一定感到高興的。但由於孩子體重八磅多（合市斤七斤半），因此生養的時候，是比較艱苦的。這也應該一分為二，由於孩子的肥大，因而做母親的就要多受一點痛苦。但是，艱苦的一關已經過去，今後都是愉快的日子了，況且她本來希望生個女孩，現在如願以償，更加應該滿意。據鄭麟說，每天到醫院望病的人非常多（說明美緹平常在親友之間，關係搞得比較好），但這也是一個辯證關係，因為人緣好，去的人就多，每接見一個人，都要敘述一翻經過情況，而又感到疲勞。在她住院期間，只能麻煩您去一二次（主要問問她有什麼困難，請您替她解決一下。），就是出院以後，暫時我也不準備去，把高潮讓過去了，看情況再說（因為戲校有許多同學必然要去探望她，我為避免產生不必要的麻煩，所以在一個月內我打算不去看她，便中請您和鄭麟講一下是禱）。您今天的來信，充分說明您已想到這些問題了，感謝您的關懷。

知

十・二十三

這次美緹據說也屬於「難產」，但這家醫院的規章制度掌握的相當嚴格，家屬一概不發「陪客證」（要危險病人才發），故此鄭麟和美緹的母親，和一般探病的一樣（下午四時半至七時），過時就不能耽在裡面，但這問題是醫院的規定，很難通融的，您也不必去碰釘子。好在至多十天八天就要出院，暫時只好克服一下。餘俟晤談，順問

儷佳

知

十・二十七・中午

希博弟：

接讀來書，使我感到惶恐萬狀。我是個「半路出家」的演員，根本談不到有什麼基本功。對於崑曲表演方面，得到您祖父許多教導，有時他談到過去很多崑班老演員的表演藝術時，其中就有好多寶貴的東西，給了我的啟發和幫助是相當大的。我所遇到的崑班老演員，只有沈月泉老師（傳芷之父），我所能表演的崑曲劇目，絕大多數是沈老師教給我的。當時他的年紀已六十左右，但不是「食古不化」的保守派，他自己有一定的創造。及至後來到北京拜了程繼先老師，他的表演藝術，有些是和沈老師異曲同工的，但程老師由於武工底子

好，因此在表演上有他的獨特風格。而且程老師幼年在科班時，據說是先學崑曲，後學京戲的，因此在「咬字」方面，崑味很濃，我能得到他的悉心教導，其原因也就在於此。

美緹的接受能力很敏銳，還有一個優點是「喜歡問」，這和「依樣葫蘆」，「囫圇吞棗」大不一樣。至於當前的革命現代戲，在舞臺上表現的都是工農兵英雄形象，我已經有七年多沒有看戲了，但我完全相信，現在的革命樣板戲和其它現代劇，和六四年京劇現代戲會演時，不論在哪一方面，都有了極大的發展，像我這樣的老演員，只有以「放下臭架子，甘當小學生」的態度，向青年們認真地學，徹底地改，至於對「古為今用」有正確的認識，首先就要改變立場，改造世界觀這個根本問題不解決，對於什麼是「是」，什麼是「非」，還是稀裡糊塗的，您說對嗎？

您對我的關切和照顧，可以說是無微不至的，到現在您還說「心有餘而力不足」，未免太客氣了，反使我沒有什麼話可以講了。總之，您的熱忱和真摯的感情對人，除了麻木不仁的之外，誰也會感到您是一個可親的朋友，美緹夫婦也和我談起過好幾次，認為您這種「助人為樂」的作風是使人感動的。

我最近想到一個問題，就是在今年上半年戲校領導上要處理我家十二隻衣箱的問題，當時我的態度，認為凡是我的衣箱，完全同意處理掉，但言家的東西我不管，由組織上徵求姓言的意見。當時和我講話的是兩位演員幹部，他們說：「今天就是徵求你的衣箱，是否同意處理掉，至於姓言的東西，我們支部會找他們談的。」從這問題，說明組織上對我同言的東西分開處理是同意的。處理衣箱既然分開，關於更大數目的財產、住房，更加需要分開。請您考慮一下，以上這個問題，能否加在報告的最後一段？

言子忽然於昨日（星一）中午回來，據他說頭上打著了一下，所以是「工傷」休息，究竟休息幾天也不知道。可是回家後，一刻也沒有休息，據說一直在弄堂裡東闖西跑，等他上班後，我再來通知您。餘面談，順問

起居

知手上

十一月六日

向蘊華同志和小妹妹致念！

希博弟：

上午寄出一緘想已收到。今日下午我到戲校去了一趟，據個別群眾告訴我，「死鬼言」的問題，已正式宣布，定性為內部矛盾，但組織上並沒告訴我，今日我還見到一位工宣隊侯師傅（他是組織組負責人之一），只問了一下我的病情，其它話都沒講。據我猜想，如果叫我去參加開會，主席臺上宣布了言的定性問題，應該由我站起來高呼口號。因為我的問題還

沒解決，當然還不能高呼口號，因此沒有通知我去參加。至於「小言」是否去參加了，我就不知道了。

昨晚言子在廚房晚飯時，對九號的青年說，這次工傷的病假是兩天，第三天是廠休日，看來星期四是要上班去的。

對於定性問題，不知您是如何看法，很想和您見面一談。現在我想不管言子星期四上班或不上班，請您於星期四上午九十點鐘到我處來一趟，萬一言子不上班，他也不會耽在家裡，萬一他耽在家裡，我們可以筆談，問題就是不知您抽得出時間來否?萬一星四上午不能來，下午二至三點來也可以。

另外，今天在戲校見到一個青年京劇團的黨員幹部（過去也在戲校工作的），據他說，過去戲校的走資派周璣璋，最近也正式宣布解放了。餘俟面談，順問

儷祉

知手上

十一月六日下午

希博弟：

上星期二您和振雄兄來到我家，使我的情緒很感動。由於振雄兄的健康並不太好，心情當然也並不很愉快，但是他還是要求您陪著他來看我。同時，您的身體也經常感到疲勞，我們兩家的距離雖然不能說很遙遠，但是乘公共車必須掉換兩輛或三輛方能到達，您們對我這種關切，增加了我精神上的溫暖。

我的侄子俞經農，最近由昆明給我來信，由於他是上海第一醫學院的畢業生，現在因為要看一些外國的醫學材料，感到自己的英文基礎太差，因此要我給他買兩本英文的書，一本是「英語九百句」，一本是「英文圖解」。據說福州路「外文書店」可能買得到。因為我對英文一竅不通，我又轉托了經農一個表侄（在房管所工作的），恰巧這個青年對於這兩本書是知道的，據他說很不容易買到，最好是學校的英文教師，可能有辦法買到，因此我想麻煩您向蘊華瞭解一下，她是否知道這兩種書？有沒有辦法可以買到。假使兩種買不到，買到一種也可以。如果有什麼地方公開買得到的，請您寫張明信片通知我，當即派人去買。由於我對這種東西毫無辦法，只得再一次來麻煩您伉儷，希請諒之！

自從我到您家吃飯那天起，娘娘的「歇斯底里」又發了。原因是她問我，醫生看了她的病講些什麼？我說：「因為我到徐家時間已晚，我一到就準備吃飯，因此沒有談到你的問題。」一會兒忽然痛哭流涕，說她的病一定是癌，所以我避而不談。從此就做什麼事情都懶洋洋的，和她說話，好像和我有什麼深仇怨似的，一直到昨天開始，她的肝火才退下去。這

一下我的氣鬱又發作了，起碼一匣ATP是白打了，真令人痛心。餘俟晤面再說。順問

起居佳勝！

向蘊華和徐安小妹妹致念！

知手上

十一月十九日下午

希博弟：

昨日（星六）我洗澡回家已七點鐘了，忽然有朱家角長途電話來，據說菊英之母危險情況更加嚴重，菊英答應於今晨回去。但她聽電話回來後，她認為已到非去不可的時候了，她對於另找勞動阿姨幾天的問題，她以為可以不必（實際她有她的打算），於是她就到長樂路找郁天秀去商量（她是朱家角人，是我堂弟的親戚，天秀之姐和菊英是從小同學。由於這樣，我堂弟知道菊英的脾氣不好，所以經常叫天秀及其子女到我家來做菊英的思想工作的。天秀是靜安區第三小學的老教師），現在，燒飯由天秀女兒來燒，晚上，由天秀兒子住在我家（他在房管局工作），但是我總覺得不太理想，望您接信後來我家再協商一下。星期一的上下午都可以，餘面談，順俟

儷祉

十一月廿五日上午　知

希博弟：

我們只有一個多星期沒見面，好像已經有很久不見了，本來我可以抽空來看看您，但又怕您不一定在家，我想您可能也有同感。您的感冒想已痊癒，無任繫念！

隨函附奉「補中益氣湯」藥方一張（是從七二年出版的《湯頭歌訣》中抄的），我覺得這張方子對您的有些病症是相宜的。由於廣慈醫院用這張方子的藥物（可能有些增減，但出入不大）熬成稀薄的膏滋，傷科和內科經常開的，過去我也配到好幾瓶，療效是比較好的。後來因為我的舌苔厚膩，甚至呈現黑色，故此內科醫生囑我停服，現在我家還存有三四瓶，希望您和中醫師瞭解一下，假如可以服用，可以到我家先拿兩瓶去試服。好在這種藥品，保證沒有危險性，如果您體內沒有濕、熱，儘管服用，是有益無損的，希望您加以考慮。戲校化妝師王明祿（過去是和旦角梳頭的，可能您也認識），他服了補中益氣湯，飯量增加，臉色紅潤。我開始服補中益氣湯，就是他的介紹。

關於七二一膠囊我已開始服用，由於我最近還是不大覺得饑餓，但每頓吃下去，胃脹的毛病沒有了，每日起床後必有一次比較正常的大便，中藥還在繼續服，但藥方中已開始用了一些黃芪、党參、麥冬等藥物。因為胃納不暢，所以七二一膠丸，我每日只服二三粒，等到胃部通暢後再加服。如果七二一膠丸還能買到一瓶，我還是需要的。萬一比較困難，那就不必勉強，以免因此而引起不良影響。上次您給我的膠丸一瓶，價目若干？便希告我，以便面起。

顧雲德同志對我的關切，使我心感難言，晤時望代為表達我對他的謝意！他的休息日子不知是星期幾？便中亦希告知是荷。祝您

康樂！

蘊華及小妹妹均此致念！

知手簡

十二・十三・下午

關於膽結石單方，我已抄了一張寄給葆玥了，但還沒有得到她的回信。

补中益气汤

（是李东垣的著名方剂之一）

本方由黄芪，党参，炙甘草，白术，当归身，橘皮，升麻，柴胡等药。

治疗饮食劳倦所伤的气虚身热，心烦懒言，不贪饮食，四肢困倦，或动则气喘，或口渴多汗，以及中气不足而致吐血，便血，或肛门脱出，或子宫下垂等症，本方有较好的疗效。

因为饮食劳倦所伤，必然脾气虚弱，脾气一虚，肺气也就不足，所以首先用黄芪补肺气以固表，党参，甘草补脾气，和中焦而清虚热。白术健脾，当归身补血，陈皮理气，升麻，柴胡，升腾清阳之气。因此本方有补中益气，升阳举陷的作用。

希博弟：

我蘇州的堂兄俞清士，因患消化不良，腹瀉，我寫信給他，叫他服用「保和片（或保和丸）」，今接其來信，據說在蘇州中西藥鋪遍買不到。現在我想煩您，代購「保和片」兩瓶，如果有便人到蘇州，託他們帶交我堂兄。因為我知道您處經常有蘇州來人，如果我自己買了，還是要送到您家，不如您就近購一下（大概中藥店和西藥都有出售的），免得來回費事。藥費請代為墊付，容於面晤時奉上。

前天您和老顧同志談到我「交費」和「學習」問題，您們認為暫時採取觀望態度，我完全同意，免得使人感到突然而產生猜疑。

前天您從我家回去，氣候較冷，不知受寒沒有？現在天氣每到下午四時後，溫度降低得很多，您下午出門，必須多帶一件衣服，您又是很容易感冒的人，千萬加以注意是禱。當此順問

安好！

蘊華和小妹妹均此致念！

知手簡

十二．十八．上午

希博弟：

昨寄一緘想已收到。我給您寫信，肯定是給您增加麻煩，希請原諒。由於昨日接到在崑明的侄子俞經農來信，您上次給我買到的英文圖解辭典，他已收到，他很高興，同時，我在信上寫明，這本書是您想辦法才買到的，因此囑我向您表示衷心地感謝！另外，關於「英文醫藥辭典」，他也需要。上次為了「英語九百句」，您曾對我說，這本書現已停止出版，無法買到，如果需要「英文醫藥辭典」，或者可以拜托尹醫生想想辦法。現在據經農來信，他知道一共有三本一套，是否俱已出版，他也不瞭解，請您便中向尹醫生打聽一下。由於我侄子經農，現在雲南省電力局送電工程處醫務隊工作，至於英文醫藥辭典很需要，能否請尹醫生想想辦法。如果三本一套還未完全出版，先把已經出版的（一本或二本）買到就可以了。

我侄子工作的這個送電工程隊，專門到雲南山區去安裝高壓電線的，現在他們這個隊，在三個月前派往離昆明二百多公里的一個山區小城市——師宗縣，據說要工作到七四年五一節左右才能回昆明。據說這個縣城比江南的小鎮還小，商店一共只有四五家，因此他準備借此機會多看一點書。據他的同事來滬告訴我，說經農是他們工程隊學習馬列主義毛澤東思想的積極分子，對醫務方面，群眾對他也有一定的信任。在我七個侄子中，我對他也是比較喜歡的（他是上海第一醫學院的畢業生）。這次他要求購買「英文醫藥辭典」，希望您和尹醫生的支持，無任感禱！專此奉懇，順問

起居佳勝！

尹醫生晤時代為致候！
蘊華和小妹妹均此致念！

知手簡
十二・十九

希博弟：

上次接到來信，您說去湖州大概一個星期，屈指算來，這兩天您可能回滬了。這次在您離滬期間，正遇到北方冷空氣南下的侵襲，不知您的健康情況如何？無任繫念。

這次陽曆元旦，「言子」要休息三天，由於本月廿六日星三沒有休息，所以一月二日是星期三（廠休日）一月三日補休廿六日的廠休，因此一共要在家三天，我從現在起，精神上已經感到沉重了。您如果在本月卅一日之前返滬，希望您到我家來一次（當然，如果您身體不適，不要勉強），其實我並沒有什麼要緊的事，因為十餘天不見，確實是很掛念的。假如陽曆年內沒有時間，那麼只好過了一月三日再來。別人對陽曆元旦和春節都是興高采烈，我恰恰相反，是精神包袱比較沉重的兩個關口。心煩意懶，不多寫了，順問

儷綏

知手簡
十二・二十八・下午

一九七四年

希博弟：

前天您來我家，雖然時間不長，但給我精神上感到無比溫暖。您帶給我的蘇州點心，對我來說，已有好幾十年沒有吃到了，感謝您對我的深切關懷。

我於昨日（九日）下午到戲校去了一趟，閱讀了一份中央頒發的一號文件，關於學習問題，領導上認為暫時不必參加，給了我四本批林批孔的參考材料，希望我要寫批林批孔的大字報，同時也是肅清我頭腦裡深藏幾十年的孔孟之道的流毒。我準備看兩天材料之後，先把大字報內容寫出一個提綱來，同時希望在最近的三五天內，和您再晤談一次，不知您有時間否？

上次您談起的有兩匣進口ATP有人願意出讓，如果您最近能拿到，希望您到我家來的時候帶來。但有一點希望您注意，就是關於針藥多少錢一匣的問題，我認為不必讓我家阿姨知道，在口頭上就說只要付稅款若干錢就是了。至於一共多少錢，您另外寫一個紙條給我，我等阿姨不在面前的時候，我按紙條上的數目付給您。

您來我家，最好是下星期二（即十二日）上午，或者下星期四五的下午。現在我不睡午覺，您下午早一點來沒關係。星期五阿姨在里弄學習（下午一點半到三點，您來更合適）。餘面談，順問

近好！

知手上

二月十日下午

希博弟：

昨天您和老顧同志熱情洋溢土勸慰我，使我深受感動，我不想「復禮」，但在家庭問題上還需要做到「克己」，您說對嗎？

關於「書卷氣」問題，我今天起已在開始寫出一個草稿來，希望您能於本月廿八日（星期四）下午來我家一次，主要是聽聽您的意見。萬一您星期四下午不能來，請您接信後，給我寫張明信片，由您決定一下日期，時間，我一定在家候您。

我前天買到了一隻香煙嘴（可以放棉花的），準備送給您，昨天忘給您了。「參考」能帶來，尤所感禱！祝

好！

知手簡

二月二十四日下午

問您愛人和小妹妹好！

希博弟：

昨天您在百忙中，特地趕到我處，感謝您對我的關心。這次的中心內容，關係到表演方面的問題，這是您瞭解比較清楚的，所以我非要煩您幫忙不可，老許究竟是外行，正如您說，自我批判，需要批得深，如果淺嘗輒止，反而會引起群眾的不滿，我認為您的看法是完全對的。

下星期一（三月四日）下午您能來，尤所歡迎。但也有可能「小鬼」會回來。因為住在九號裡的一個青年，星期二早晨到江陰，上星期一，也是因為有小朋友去奉賢農場，「小鬼」於星一中午就回來了，這次是不是和上星期一樣，當然不能說一定回來，但可能性是有

的。不過我認為關係不大，由於「小鬼」如果回來，決不會待在家裡的，所以您能來，還是可以的。萬一星一不能來，那麼只能改於三月七日（星四）下午來，您瞧著辦吧。

大字報的結束語，第二張和第三張有些雷同，所以我把第一張和第二張的結束語另紙抄奉，供您的參考。經常給您增加麻煩，乞諒之是幸。祝

好！

知手簡

三月一日下午三時

一、表態大字報的結束語

我要竭盡全力，認真學習馬、列主義、毛澤東思想，認真學習毛主席關於批林批孔的一系列著作和指示，狠批孔孟之道和林彪的反革命修正主義路線，同時，渴望領導上和革命師生員工給予批判，給予幫助，使我在鬥爭中進一步接受教育，接受改進。

二、批「克己復禮」大字報的結束語

我是身受孔孟之道流毒較深的人，在過去的漫長歲月裡，我也是把「非禮勿視」等等的反動謬論，當作自己的信條。在這次運動中，我要反戈一擊，狠批孔孟之道，深挖林彪修正

主義路線的老根。通過這場鬥爭，對自己的舊思想再作一次清理，把孔孟之道那些破爛扔進垃圾箱去，從而改變立場，把自己逐步改造成新人，爭取過一個革命的晚年。

希博弟：

昨寄一緘，想已收到。頃據瞭解，住在九號的青年，要三月七日（星四）才動身，估計「小鬼」可能還是星二下午下班後回來，星三是廠休的，星四既然九號裡青年動身，肯定要在家裡賴一天。我準備於五日（星二）上午十時左右到您處，請您在家等一下。如果您等到十點半我還沒有到您家，您就不必再等，星期二下午我會寫信給您，另約日期和時間。

昨日解放日報專載「評晉劇《三上桃峰》」一文，不知您看到沒有？文章肯定這齣戲是為劉少奇反革命修正主義路線翻案的大毒草。這也充分說明階級鬥爭是長期的，曲折的，有時是很激烈的。餘候晤談，順問

起居佳勝！

知手簡

三月二日中午

希博弟：

上星期四，在您家飽餐了一頓精美的午飯，就以這一桌飯菜來說，從菜場買到一直到擺上飯桌上，您和您家小妹妹費了相當煩瑣的辛勤勞動，這也說明您們對我的熱情和關懷是不一般的，真使我心感難言。

蘊華的腕疼，不知去檢驗過「血沉」沒有？我覺得曙光醫院的一種三〇一藥水，注射在穴道裡，比金針的療效顯著。我每逢腰部酸疼時，注射一次，就能舒服一段時期，您的腰疼，也可以要求馬瑞寅醫生打一二次。據說這種注射液，是曙光自己藥廠的產品，原料都是中藥，可能其它醫院還沒有。至於蘊華的腕疾，是否可以用這種針藥，經過馬醫生診斷後，他一定會有辦法的。

蘇北方面至今沒有電報來催您去，可能最近期內不會來叫您去，我也希望您能多在上海休息一段時間，對您的健康是有好處的。

許寅同志原籍湖州，和您岳父是同鄉。我現在想起，他上次談起您岳父時，據說有一位薑毓麟（大概是您岳父的侄子），過去他們是很熟悉的，不知現在是否在上海工作？紅果嶺劇本，我已看了兩場，但還沒有到矛盾衝突的高潮，我準備仔細地看一遍。稍緩當再專晤。先此道謝，順問

近好！

蘊華和小妹妹均此致謝不另！

知手簡

三月二十日中午

希博弟：

這次您約醫生給我檢查心臟，同時，又給我買到了麥乳精，這些，都說明您對我的一切，時刻掛在心上的，因此也造成了我任何雞毛蒜皮的事，都要請您設法解決，您對我的這番盛意，我也不講什麼感謝了，一句話——心照不宣。

前天約您星四來的問題，我又想到，「王女」是個鬼靈精，是不是會懷疑我們是商量好了才這樣做的。因此我又這樣想：索性我星期四不出去，您和我與「王女」在一起談。但到目前為止，對於「一起談」和「個別談」，究竟哪一種比較妥當，我還是希望由您來決定。因此我附奉一個信封（已貼好郵票），如果您認為「個別談」比較好，您就不必給我來信，我星期四二時後出門洗澡去。如果您認為我在家一起談更有利，您就給我寫封信，信上不必說明星四下午來我處的話，只要簡單地問問我醫生介紹我改服「安定」藥片效果如何？同時，說您自己這幾天比較忙，稍空一點會來探望我的。我要接到您來信，星四下午就在家裡等候您，希望您在下午三點左右來，我午飯後睡一會，起床後就能見到您，這樣，就更加不

會使「王女」感覺我在家等人。我患了神經官能症，逢到什麼事都會緊張，希請原諒！順問

儷綏

知手簡

五．七．下午

希博弟：

星期四您來過之後，「王女」的情緒有所改變，說明您的工作是有效果的，感謝感謝！！

現在，就要看下星期三「小鬼」回來時，「王女」的情緒能不能不波動，或者減弱一點，據我看可能會好一點。

我們這條里弄，兩年來，因患癌症死亡的有六七人之多（昨日又死一個），聞之不禁為之惴惴不安。

在抽屜裡又看到一張「百花贈劍」底片，可能也已徽過，隨函附奉，如果印不出來，丟掉就算了。過了下星期三，我們再約時間晤談。「王女」每逢星期一三五下午一點半到三點在里弄學習，我在看家，您能來，說話較為方便。

知手簡
五・十二

希博弟：

今天許寅同志來寓，關於蘇州房子的問題，據說已早有人住進去了。

前天您到我家來過後，我洗澡回來，在四八路車上見到您家椿林伯，據說他愛人最近發病比去年更重，因此他感到很著急。據他說，他曾到您家去過一次，但無人在家，不知您後來知道否？

我從前天晚上起，左大腿患肌肉神經痛，前昨兩晚都沒有睡好，今晨找馬醫生針炙，他給我注射了一針三〇一藥水針，效果很好，現在已基本上不感覺刺痛了。同時，據馬醫生告訴我，關於「輔酶A」針劑，已准許公費報銷，因此他給我開了一匣（十針）。今後您如果到曙光，也可要求馬醫生開一匣。您經常感到懶動、乏力，而且該針藥對降低膽固醇也起作用。如果您不需要打，那麼醫院開到後可以讓給我，藥款請您代墊（每匣三元三角）。是否可以這樣辦，由您決定（如果您有其它醫院，比較更熟悉的，那就不必一定到曙光。）。輔酶A和ATP的性質，大致有些相同，主要是改善肌體代謝，尤其輔酶A，對於糖、脂肪及

蛋白質的代謝起著非常重要的影響。餘候面談，順問

近好！

蘊華和小妹妹致念！

知手簡

五．二十．下午

希博弟：

日前寄奉一緘，諒早收到。我自從改服「安定」後，不但晚上睡得比較安穩，而且午飯後，也能睡著三刻鍾到一個半小時，下午的「低熱」也沒有了，我的確感到高興。但是，前天二十一日星期二，我下午一想到「小鬼」晚上又要回來，熱度馬上就有三分。二十一日「小鬼」是中班，要晚上十二點左右才回來，所以我於晚飯前到少朋家去了一趟，把最近兩個星期的情況，向他夫婦彙報一下。在談話中，張少樓強調血壓高，神經衰弱，晚上失眠等等。我認為她這種強調，是有她的用意的。同時，他們說：「你住在華園，房子又破，空空洞洞，環境實在不好。雖然你問題沒解決，領導上對於你的生活還是要照顧的，可以通過組織，換一個環境比較好的房子。同時，清卿和華園中的一班亂七八糟青年也分開了。我們認為你可以向領導上提出這個要求。」我覺得這是他夫婦冥思苦想出來的一條計，表面聽來，

他們對我的身體健康深為關切，實際上，如果我搬新居，報戶口的時候，就能把「小鬼」帶進，不知您認為我的想法是不是在疑神疑鬼。當然，我當時沒有表示什麼態度，只說了一句：「謝謝你們對我的關心。」

昨日星三，「小鬼」借了一輛嶄新的自行車隔夜就放在家裡，上午八點多就出門，十點多回來，把臥室打掃了一下，裝了一盆蛋糕，一盆麵包，一會兒來了一個小姑娘，坐在他床上聊天，「小鬼」又向我要了兩隻雞蛋，搞了一碗水燉蛋，有說有笑，一直到中午十二點多一點，二人一起出門（姑娘也是嶄新自行車），到下午四點鐘又回華園，二人又嘀咕了一番走出去了。這種情況，看在眼裡真感到不順眼，可能我的思想太舊，不合時宜，如果為了出現這種現象而生氣，似乎對「小鬼」太關心了，可是毫無忌憚地表現在我的面前，怎能無動於衷。

星四清早五點半上班去了，結果到了上午十點多鐘又回來了，手裡拿了兩瓶眼藥水，據說眼睛發炎，病假三天。如果他還吃吃老酒，發炎的病假還有繼續的可能，我現在只能過一天算一天。記得過去齊白石在一張冊頁上畫兩隻蟹，他的題詞是：「看你橫行到幾時」。現在我也只好抱這個態度了。

「王女」從您做了工作以來，態度比較好得多，「一面逼」比「兩面逼」究竟要好得多，我再一次向您表示感謝！

昨日殷孟超來，據他說，ATP上海相當緊張，甚至說要像購買手錶一樣，要醫院開

「票子」才能買到，請您再打聽一下，是不是真有這樣嚴重。另外，孟超勸我其它藥都可以不吃，只要服大量維生素C（每頓服廿粒，一天服六十粒），對很多毛病都有不可思議的效果。據說維生素C市上已。他的話，我總有些不大相信，請您向其他醫生瞭解瞭解。他又說，有個病人患食道癌，就是服用大量C治癒的。「小鬼」病假到星六為止，星期天上班，是否還要續假，那就不知道了。順問

儷綏

知手簡

五·二十三·晚

希博弟：

這次葆玥來滬，一共到我處來了三趟，第三次還同玉茹一起來，顯然，她是為了「小鬼」的問題來做說服工作的。因為春節後，葆玥的丈夫從北京來，曾告訴我「小鬼」寫了一封信給葆玥葆玖，這封信寫得頭頭是道，不像一個十八九歲的青年寫得出來的。而且因為不知道梅家的地址，這封信寫給北京京劇團周和桐轉交的。和桐和少朋過去是很接近的，因此這封信是誰出的主意？是誰起的草？那就不言可喻了。六月一日，我作為和葆玥言別，到她

家去了一趟。由於葆玥從小就很老實，不會花言巧語。因為今天她家的人都上班了，只有我和她兩個人，因此她把情況都對我講了。原來她這次來滬，曾到少朋家去過一次，最主要一個問題，就是要從我嘴裡講：「言〇〇是獨子，他的工作一定要分配在上海。」據說少朋夫妻認為，「小鬼」和我關係搞不好，主要是他分配到山東萊蕪，是我向長華中學領導上提出的要求。我聽到這些感到很氣憤，我就把過去那些情況，原原本本講了一遍。我就直截了當地對葆玥說：「言子的工作在上海或外地，我都沒有意見。以後她娘的財物，房產，我一絲一毫也不接受，不干預，不過問，一句話，我和他的共同生活，決不可能再繼續下去。」接下來，由於聽葆玥的口氣，少朋把中央卅號文件作為大帽子來壓我，因此我就對她說：「我和言結婚之前，言一再聲明，這個兒子是她的兒子，不是我的兒子，他和我不搭界，由她一個人負責到底。這些話雖然已經死無對證，但言死亡那天，放在臥室中的三千元，還有一張親筆字條。說明她並不要我撫養這個小鬼。另外，一九六九年薛浩偉來上海，他要把兒子領回合肥，我完全表示同意，最後由於戲校工宣隊通不過而沒有帶去。六九年薛第一次到華園，一再向我道謝，還向阿姨道謝，如果我的『獨子』，我能隨便讓姓薛的帶去嗎？」當時葆玥聽了也楞住了，歇了一會她又說：「獨子是一個問題。不繼續共同生活是另一個問題。現在，你把第一個問題解決了，使言子對你有了好感，以後談第二個問題時，可能容易解決一點。」據我猜想，這兩句話是有人「導演」的，憑葆玥這個人，她是沒有這種「機靈性」的。最後，我認為在「誰的獨子」？問題上不搞清楚，稀裡糊塗要我承認言子是我的「獨子」，我是不能同意的。同時，我又反問她：「你要我先解決第一個問題，那麼以後第二個問題解決不了的時候我去找誰？況且『獨子』問題沒有搞清楚之前，我是無法答應您的要求。」現在葆玥已於昨日（二日）離滬北返，我還準備寫封（信）給葆玥，希望她不必插手這件事，以後由領導上來處理（當然包括戲校和工廠）。據您看，少朋他們為什麼這樣迫不及待地要解決第一個問題。請您替我思考思考，應該作一些什麼準備，本月六日（星四）下午四時您能到我處來一次，尤所切盼。順問

近好！

問您愛人和小妹妹好！

知手簡

六・三・下午

（最近維生素C很難買到，請您設法買壹百粒。）

希博弟：

正在懷念，接讀來書，得悉藴華患感冒，不知已否恢復健康，希代致候！

今年黃梅季節，雨水多，氣壓低，氣候的冷熱相差甚多，很容易引起感冒。雖然十七日已出黴，但還是黃梅氣候，尤其我有「慢支」和「肺氣腫」，今年又加上了「涼一點就怕

冷」，「熱一點就出汗」（同時感到胸悶腹脹）。關於飲食問題，至今還是不感覺饑餓，可能是「濕阻」，但湯藥也服了不少，收效不大，問題由於有些治濕要藥（例如「川樸」、「扁豆衣」等物市上斷檔），因此效力更加減弱。您說的「中暑」問題我很注意，因為我在大熱氣候下，很容易中暑，我現在的不想吃東西，很可能是俗語所謂「蛀夏」，假如氣候不轉變，我的飲食是恢復不了。您對我的關注，表示感謝！

「脈通」藥片，市上確是不易買到，我希望轉讓給我壹瓶。由於最近一年來，「膽固醇」還沒檢驗過（去年七月是二四〇）血壓最近量過一次：高，一一〇，低，八〇。不知是不是太低一些（據醫生說是正常）。至於冠狀動脈也一年多沒有驗過，因此我想買壹瓶作為防備。

本星期五（八月二日）下午四時左右，我準備到您處晤談，但如遇天降大雨，或者我身體極不舒服，當再另約，尚希見諒！

祝　好！

向蘊華及小妹妹致念！

箴非手覆

七月卅日下午

星期四您來我處，星期五我到您家，以上兩天，我的精神似乎好了一點。但是我從您處回家時，看到我家隔壁九號汽車間裡住的那個青年回滬休息（他的工作派在江陰，他和「小鬼」是最莫逆的），當時我和娘娘就估計「小鬼」可能不久會回來。果然，下一天（即星六）上午八時多就回來了，據說是病假兩天，可是回來後，始終在外面遊蕩，甚至晚上九點多鐘回來吃了晚飯又出去，一直到深夜十二點多才回家，躺在床上看書看到兩點半，今天早晨八點鐘九號的青年又來叫門，把我從睡夢中叫醒，使我有火發不出，這樣折磨下去，總有一天要支持不住。當然，我應該聽毛主席的話，任何事物都是會轉化的，我希望能夠早一點轉化，問題在於「捂」著的蓋子還無法揭開，也就談不到轉化了，不知您認為對否？

我約您於下星期六一同到陸介人處去，現在我想暫作罷論，過幾天我的精神恢復一點再約，希諒之！

現在我又想到，這幾天內，您如有暇，不妨到陸家去走一遭，一方面說我本來已約好和您同到陸家，隨便聊聊，由於心情不舒暢，擬於過幾天再去問候他。另一方面，把「小鬼」問題，您所知道的，全部情況都向他談一下，說明最近兩年多來，我的精神日益衰頹，主要原因，全在「小鬼」一人身上。同時希望他和蔣柯夫談一下，也希望蔣在局裡和領導同志閑聊的時候，把這個問題反映一下。「小鬼」問題在戲校領導上當然是知道一點的，但決不會反映到局裡去。如果由蔣在局裡作為閑聊反映一下，比較不著痕迹。我的這種想法是否妥當，請您再替我考慮一下。「小鬼」的獨子問題，以及他娘臨死還放出一筆教養費等等，都

讓他們知道知道。我認為這個機會很好，最後，還是請您決定。此致

希博弟　惠鑒

知手上

八月四日

希博弟：

星期五下午，您離開我家將近半小時，傾盆大雨就下來了，而且那天的雨，足足下了一個半小時，據我估計，您一定還在中途路上，因此我很擔心您由於淋雨而引起感冒，不知您這幾天身體如何，萬分繫念！

因為前天的雨特別大，我家樓下三間房間，每間都漏水，差一點搞得睡覺都沒有地方，同時還顧慮到電燈線是否會走電，今天特地約了一位對電氣方面比較內行的人來檢查了一下，據說暫時還不會發生危險，使我稍微感到安心了一點。您的身體情況如何，便希函告，無任切盼。專此祝

您伉儷雙綏！

知手簡

八月十八日

希博弟：

國慶節快到了，您希望我到蘇州去玩一趟，我也何嘗不想去，但環境不允許我這樣做，您和蘇崑幾位領導對我的盛意，只能心領了。

別人歡度國慶，心情舒暢，我卻相反，視作是「過難關」。尤其今年十月二日是星期三，「小鬼」要補假一天，須十月四日才上班，我要受罪三天半（卅日下午就要回來），想到這問題，為之不寒而慄。但是我還牢記您一句話：「我要活下去。」國慶快到，「麥乳精」市上可能會有出售，請您託託人，希望買到一二罐（塑料袋裝的也可以），當然，如果實在買不到，只得等待以後有機會再買，您也不必因此而感到抱歉。

昨日在淮海路見到鄭麟之父，本來他的精神狀態比較差，現在人很挺刮，行動也很利索，據說他接連注射了卅針日本產品ＡＴＰ起到的作用，他也勸我這樣打。過去日本貨針藥我也打過，但由於來之不易，沒有捨得一口打卅針，因此把針藥的作用分散了。現在我想託您向海外購買二十針日本貨ＡＴＰ（最好能買到武田大藥廠的產品，效果更好），因為我家裡還有一匣日本貨針藥，所以只要買廿針就可以了。所有藥款和稅款，都由我負責照付，這件事，希望您即日給我辦理一下，感盼無任！

複方ＡＴＰ，鄭麟之父也知道，據說效果不亞於日本貨，就是現在只有「北京市西城區製藥廠」一家有產品，上海方面，我也託人問過，據說目前為止，還沒有一家藥廠生產這種藥物。如果能夠搞到「複方」，當然更加理想。我已寫信給葆玥和葉盛蘭的兒子，但是不是買得到，尚不可知。我也希望您和北京的熟人通信探聽一下，當然，能不能買到是要碰機會的。我認為多托一個人，就是多一條路，這條路走不通，也許另一條路就達到目的了，說句老古話，就叫做「要碰額角頭」，您說對嗎？

據鄭麟之父告訴我，有個郭脩脩的兒子向他打聽，說我已「羽化而登仙」了，這種小道新聞之不可靠，由此可見。聞聽之下，使人可氣，亦復可笑。

這次「小鬼」第一天回來，晚上搞到十二點半才回家，究竟他在搞些什麼，我也只能聽之任之。本來我過一段時間，把「小鬼」情況向他娘舅彙報一次，現在聽說他娘舅在背後說我對「小鬼」有偏見，我索性不彙報了，不知您認為對否？專此奉懇祝

您伉儷雙佳！

小妹妹到托兒所還習慣嗎？時在念中。

知手簡

九月廿日

希博弟：

您對我這衰老病人的深切關懷，真使我心感難言。我正為了沒有一位比較醫術高明的西

醫內科醫生而發愁，想不到您已經替我聯繫到了，說明您對我的關心和愛護是無微不至的，應向您表示由衷地感謝！

您和陳醫生聯繫會見的日子，最好是在本星期四五六的下午，星期日（廿日）上下午我都有事（什麼事，晤面時再告。），除非下午四時後才行。先此致謝，祝

您伉儷雙佳！小妹妹均此致念！

知手上

十月十五日上午

希博弟：

昨日陳醫生的檢查，這樣的仔細，我還是生平第一次。他不但醫術水平高，而且理論水平也高，對我講的一切病情，層次分明，我是感到十分滿意。當然，首先應該感謝您對我的深切關懷。如果您最近遇到陳醫生，請您代致由衷地感謝！

昨天晚上睡眠較甜，說明在他的一翻談話中，調整了我的思想情緒，使我的大腦皮層安定下來，昨晚的睡覺，已初步起了作用。

現在，我又想麻煩您一件事。請您於下星期一（即二十一日）下午二點到三點的時間內（娘娘是一點半到三點在里弄學習），請您到我家來一次，萬一您事忙，只要有半個小時耽擱就可以了。主要請您來看一看我家大門口棕毯下面的兩塊地板完全掉下去了。希望您看後研究一下，以及如何處理較妥。由於我為這問題，又感到精神緊張，我想您一定會來替我解決的。

下午二至三時，影響您的午覺。但這個時間家裡沒有人，講話比較方便，務必請您勉為其難，至感！至禱。祝

您伉儷雙佳！

知手上

十・十九・中午

如果您於二十一日下午一時半就來也可以，不要怕影響我的午睡。由於我今天看了一下大門口的地板，又開始緊張了。請您無論如何撥冗來一趟。至於給您添麻煩的問題，暫時我也不講什麼客套話了，乞諒！

希博弟：

上星期日（二十七）下午您介紹的那位小青年來過了，的確他的作風態度很樸實，需要施工的地方，他也仔細地用了蠟燭火鑽到地板下面看了一下，他答應於本星期四五來做。我問他是不是可以請假，他說可以調休。您接信後，如能抽暇，請您再和這位青年敲定一下，請他於本星期四或星期五，吃過午飯就來（如果星四「言子」上中班，他下午一點鐘離家，那位青年能來，也沒有問題），這次據說您去找那位青年，找了好幾趟，說明您對我這種負責精神，心感難言。另外，許寅一定要我和領導上談一次話，因為我沒有同意他的意見，前日又寫了一封信稿，要我寫信給領導。我的打算，認為還是不談亦不寫為妙，但最後還是希望您能於本星期四下午到我處來一次，把信稿看一下，由於老許一片熱忱，我又感到束手無策，同時，可能星四下午那位木工青年要來，我要在家等候，所以只能請您再勞駕一趟，無厭之求，望乞諒之！餘面談，順祝

您伉儷雙佳！

知手上

十・二十九・中午

希博弟：

　　您動身前給我的來信，早經收到。我在接信的第二天，中午前曾到您家，沒有人，我下樓走到門口，令媛就給我招呼，才知您於那天下午就赴蘇了。

　　今天我準備給您寫信，又接到您的名信片，使我很感動。現在首先要告訴您的，榮同志已經給我解決了問題，當時我給了他三元車錢，看來他很高興。因為他留了個住址給我，關照我如果需要他，給他通信就可以了，這一點您可以放心了。

　　老許提出的問題，我是準備您回滬商談後再說，對這問題，彼此是有同感的。

　　這次「平原作戰」的調演，關係到崑曲是否相宜演革命現代戲的大問題，我衷心地預祝這次調演得到成功！

　　「保暖杯」不知蘇州有辦法買到否？如果買得到，希望代購一隻，能買到兩隻更好。顏色最好不要紅色的，咖啡色、深藍或淡藍色最為理想，萬一只有紅的，就買紅的也可以。貨價若干，候您來滬時面起。餘面盡，祝　旅安

　　篤墳、家沅諸同志均此切實問候！

並祝《平原作戰》調演，勝利成功！！

箴非手覆

十一．五．下午

希博弟：

您赴湖州，回來得這樣快，出乎我意料之外的。昨日您一到上海就來看我，而且還帶給我芝麻炒米粉和油爆蝦，百葉肉，非常感謝！我因這次「小鬼」在家待一天半，我簡直感到喘不過氣來，所以他星期四午飯後上了班，我就跑到瑞金浴室去洗澡了（借此可以透透氣）。但是沒有和您見到，深感遺憾！

今天上午我到嘉善路陳醫生家去了一趟（我是先寫信去要求的，他回信叫我今天上午十點半去），談了約一小時，我請教了他幾個問題。陳醫生的態度誠懇，這當然也是由於您的關係才接見我的，應該向您彙報一下。

您去蘇州的那天，和去湖州的那天，我吃了兩次閉門羹，實際上是由於我神經不正常所致。因為我到您家的兩次，都是我想到一件事，急欲和您談一談，因此對於您到蘇州、到湖州，當時我都沒有考慮到。

下星期一二（即二十五、二十六），下午二三點鐘，如果您有時間，我想和您見一次面（廿六日小鬼要中班下來才回來），我到您家或者您到華園，請您寫張明信片告知，切盼切盼！！餘面盡，祝您伉儷雙佳！

小妹妹工作愉快！

知手簡

十一．二十二．中午

希博弟：

昨天雖然見面的時間不長，由於我的心理作用，似乎看到您，精神上就感到是一種安慰，這是因為您經常對我的一切，關懷備至所致，對我來說，就是一種溫暖，這裡我也不講什麼感謝的話了。

本星期四下午四點左右我到您家，我不客氣地向您要求，不必預備什麼菜和麵包，只要給我下一碗爛糊面就解決問題（五點半到六點的時候吃），又當點心又當晚飯，希望您接受我的要求，千萬不要為我而添菜，因為我吃得實在太少，只要吃一兩多一點的面就夠了。餘面盡，祝

您伉儷多佳！

知手簡

十一．二十六

上星期六許寅同志來過一次，他說：「我走到你門口敲門的時候，就感到有些陰森森，慘淒淒的味道，你一天到晚生活在這種環境中，情緒怎麼能開朗呢？」因此他認為還是要找領導談一次話，要求他們在沒有辦法之中想個辦法出來。他又說：「共產黨辦事，如果不把

問題提到議事日程上，可以一直拖延下去的。」當然，他也是一片熱忱，但究竟是否有效（或者反而引起不必要的麻煩。）我想請您把這問題仔細分析一下。

今日報載張雲逸的追悼會上，李德生、許世友，以及楊成武、余立全等人都參加了，可能四屆人大在開始討論，或者快要開始了。不知您認為如何？

知又筆

希博弟：

前天陳醫生和您到華園來，使我感到意外的激動，同時，精神上也感到無限溫暖。今後，我是少不了還要給他增加麻煩，希望您見到他時，先替我向他表示我對他的深切感謝！

下星期四（二十六）下午二時，我一定到「平安」門前和您會面（風雨無阻）。錄音的唱詞，您處如果有，請您帶在身上。因為有了唱詞，聽起來可以更清楚一些。

「磐石灣」戲票，請您告訴老蔣，正仁找他搞票，是我寫信告訴他的，決不是他假借我的名義。這個青年比較是正派的。但我當時忘了只要通知您，就能直接要求老蔣。現在老蔣已答應於公演時搞到票後交給您，這就更好了。戲票務必要三張（我一張，娘娘兩張），但必須分兩天。同時請您告訴老蔣，娘娘確是一個革命現代戲的愛好者，請他務必幫忙搞兩張給她。否則她在我面上又要說「瞧不起勞動人民」等話，我實在吃不消。這次手指上生了瘡，經常肝經火旺，能夠讓她看一次戲，可能情緒會愉快一點。所以給她票，等於是幫我的忙。好在這三張票，只要有位子，遠一點，旁邊一點都沒問題，請您順便再和老蔣要求一下，費神感謝！餘候面談，祝您伉儷多佳！

戲票的日期，請注意避開星期二三兩天為荷！

知手簡

十二・二十二下午

一九七五年

希博弟：

報告已送交唐老師，他已接受了。至於他打算如何辦法，有了眉目，唐老師會通知我的。希望好消息早日來到！

今日路遇小蔡，據說「磐石灣」月底演出兩場之後，大約春節再演兩場，之後，恐怕全部人員又要到北京去開始修改了。聽說上次于會泳同志關照他們劇組，「磐石灣」可以演幾場，但因還要修改，所以不宜多演。由於這樣，我又要麻煩您和老蔣講一下，請他務必在卅、卅一兩場中，一天一張，一天二張，一共希望他給我三張，但必須分兩天（票款請代墊，容暇面起）。因為春節的兩場，「小鬼」放假在家，我和娘娘都沒法去看戲的，希望老蔣照顧一下是禱！

陳醫生處不知您去過否？曹醫生如果唔到時，徵求一下他幾時有空在家，您陪我一起去一趟，向他請教請教我的舌苔究竟是什麼緣故。萬一您事忙，過幾天也不妨。餘面談，順問

儷佳！

小妹妹均此致念！

知手簡

一月（一九七五年一月十七日）【一】

注：

【一】時間為編者加注。

希博弟：

星期三下午您和尹醫生來，我是意料不到的。因此我一方面感到高興，但另一方面又有些緊張。為什麼呢？因為那天「小鬼」借了徐昌霖兒子的自行車出去了，您們來的時候，「徐子」就在「小鬼」臥室裡等待，我擔心您們談到「小鬼」問題，「徐子」是會傳話的。實際上這也沒有什麼了不起的事，可是我的心情就會感到緊張。最後，我準備服一片「安定」，但是，因為您問了一句，我又不好意思吃了，結果，大概您已看出我的精神緊張而告辭了。本來我星期四就想寫信給您，向您解釋一下，同時，希望您見到尹醫生時，替我代致謝忱！由於前幾天吃不下去東西，精神很差，今天上午有了一次比較通暢的大便，就感到舒服了不少，看來明後天可能會更好一些。另外，有一件事我忘記告訴您了，就是「丙種球蛋白」針劑，已由小徐同志（我打的「靈芝針劑」就是他給我搞來的）設法搞到一針，已經注射過了。這種針劑，除了增加抵抗力以外，還起到哪些作用？如晤陳醫生時，請您再瞭解一下。既然老蔣（柯夫）每年要打一針，它的療效，老蔣一定是知道的。

「磐石灣」月底演出，不知有沒有變更，如果卅、卅一肯定上演，請您再和老蔣聯繫一下，無任感盼！

您繼母回南京了沒有？我還是她住在上海的時候見過，請您代我向她致候！

曹醫生的方子，您如果沒有時間去找熟人，請您由郵局寄給我，我想到可以由我堂弟俞建侯用朱家角衛生院的方子抄一下就可以了，不必因這一點小事，再去麻煩您的朋友，您說

是嗎？餘候晤面再談。順問
儷綏！

老蔣處的戲票如果拿到，請您於廿八九號有便帶給我，至盼，至禱！

知手簡
一月廿五日下午

希博弟：

剛才寄出一函，想已收到。現在我又想到一件事，就是下星期一（二十七）下午一點鐘，我有個蘇州同鄉老朋友尤企陶，他有一個熟朋友老中醫，據說醫道很高明，他向我提過幾次，願意陪我到老中醫家去一趟，聽聽這位老醫生對我的診斷如何？前天在浴室中又與尤企老遇見，他認為我的神色和舌苔都有問題，因此約定於二十七日下午一時，他在襄陽公園門口等我（醫生就住在公園後面新樂路）。因此我想到您可能認為一三五下午娘娘在學習，我一定在家，所以我要和您講一下，如果您星期一下午要來，請您於下午三點半到四點的時候來，不然又要撲個空。至於星期二和星期三，如果您能來的話，希望能在下午一點半到三點半的時間比較靠得住，因為我三點半以後，可能要出去蹓蹓馬路，藉此把心情鬆一鬆。我是因為最近幾天您可能會給我送戲票來，所以特地補寫這封信，使您心中有數。要按我的心情，希望經常能看到您，如果您來撲個空，我心裡是怪不好受的。

今天（二十五）下午三點多鐘，戲校派了政宣組的同志給我送來一本「新憲法」，希望我同總理的「政府工作報告」一起學習。還希望我過一段時間，可以到戲校去談談自己的學習體會。但他們也說，我的身體不好，記憶力又差，主要把一些大問題搞清楚，小問題慢慢來也可以。據今天戲校的來人說，代表們回來之後，還要向上海人民作彙報，然後再解決上海的問題（不知我的問題，是不是包括在內？）。餘候面詳，順問　儷佳！

知手簡

一．二十五．下午四時

希博弟：

連日陰雨連綿，氣壓較低，昨天又是立春節，因此不但感到氣悶，也影響了食欲。實際上，最近兩三個星期來，我對「小鬼」的彆扭情緒有所減弱。我想，我的這種惡劣環境，必然是過一天少一天，八年另九個月的時間也挨過來了，再怎麼拖延，估計是不可能太久了，您說是嗎？

今日得來書，使我感到溫暖，說明彼此之間，在精神上確是有聯繫的。例如，上月廿八日，因為丁醫生和我約好的，不能不去一趟。但在候診時候，我忽然感到您在我家等我，回家一看，果然您已等了半天了。說起來這是唯心主義，但事實確實是這樣，今日您的來信，也說明了這一點。

上月卅一日，由於小青年於下午六時就來我家，一同搭車。回來他送我到四八路車站，因此並不感到累。我預料晚上睡晚了，可能要失眠，但也沒有，是以告慰您對我的關切。

曹醫生的方子，我準備服完丁醫生的藥再服。近日您家來了客人，您伉儷又要忙亂一番。轉瞬就到春節，家庭中必然要多出許多繁瑣之事，望您不要過於勞累，能休息儘量多休息。在春節前，我可能會到您家來一次，但日期時間不一定。據我想，您愛人的學校裡一定已開始放假，她在家，可以省您一點勞動。小妹妹單位裡，不知休假幾天，她在家，燒飯燒菜等事，就可以由她負擔了。匆覆不盡欲言，順問

儷佳！

知手簡

二．五

希博弟：

厚承關懷，心感無已。昨因時間關係，未得暢所欲言為憾。

我因厭食情況，仍未完全恢復，因此您約我於星日（九日）晚到您家晚飯，我打算過了春節一關再來叨擾，希望您伉儷的諒解。

北京函件，準備今天寫完後發出。正是您所說的，主要目的在於表示一下慕念之情，並不希望起到其他作用。昨日我給梅大嫂寫賀壽信時，也要表達一下這種心情，以防萬一。

昨日是不是家元同志在等您，不知他們劇團裡有什麼新的情況否？餘候面罄，祝您闔家過一個歡樂的春節！

向您岳父母代致我的深切問候！

知手簡

二．八

希博弟：

首先向您表示我的深切歉疚。我本來準備九日下午三點半去打針，就搭四八路到您家。那知「小鬼」兩點半就來了，聽說要到十四日下午才上班。那天娘娘正在把一些買來的菜下鍋燒煮，由於油鹽醬醋都在我屋裡，因此我無法鎖門走開，只得在打針的時候，給您打了一個電話，至於我的那種不愉快心情，我相信您是可以諒解的，就是您連著兩天不辭勞累地約我到您家吃飯，結果我還是使您伉儷失望，內心的不好受，真是一言難盡，您們的深情厚誼，只好以後再報答了！

在這幾天假期中，我也不希望朋友到我家來。有一句俗語，叫做「帶泥蘿蔔吃，一段汰一段」。我想總有一天汰完吃完的日子，這樣一想，似乎心情覺得開朗了一點。一候度過「年關」，再圖良晤。專此道謝，順祝

愉快！健康！

順問小安好！

知手啟

二月十一日

希博弟：

我的「健忘症」越來越嚴重。前天和您約好聽唱片，我回到家中就想不起是星期五還是星期六下午。我只記得您說：「星六上午看眼科，下午再聽唱片，是不是太累。」因此我肯

定是星五下午。昨日我松江的侄子侄媳和許寅都在我家吃午飯，飯後我也睡不著，兩點後服了中藥就出門到您家。當時的天氣，太陽裡熱得要命，但在公共車的窗裡吹進的風，又非常冷，我好容易掉三輛車到了您家，結果「宮門上鎖」。才想起自己和您約定的決不是星期五，但究竟幾時還是想不出，只得「打道回衙」，到了家裡，簡直累得喘不過氣來（主要是穿得太多了），後來躺在床上睡著了兩小時，就覺得神清氣爽了。聽唱片的事緩日再約吧。

昨日上午，我先送了兩套毛料服裝到林家，老林和妹妹都見到了，他們很熱情，而且三樓上有現成的曬衣裳的鐵架子，條件很好，更難得的是十分安全。多謝您的介紹！餘面談，

順問

儷綏

知手上

二月十四日

希博弟：

一晃又是好多天不見了，時在念中。這次「客人」春節假滿後，還是經常回來。早班三點下班，五點左右就到家了。中班第二天早晨回家，吃過午飯再去，究竟在搞些什麼鬼，究

竟他的所謂上班，是不是真的上班了，只能聽之任之。但是這樣搞，使我的心神不得安寧，苦透苦透！！

我前幾天就打算給您寫信，但又想到您可能會來，因此一天又一天，很快地過去了。昨天據給我打針的護士說，最近一個階段，患流行性感冒的人特別多，因而我又想到，是不是您又患感冒而不敢到我處來。我因有點小事，很想和您聊聊。我準備本星期五（二十八日）下午兩時左右到您家，如果三點鐘我還不到，您就不必等我。因為星期四「客人」上中班，他走後我要洗澡去。現在我覺得洗一次澡，就感到渾身輕鬆一些。餘候晤面再談，祝您伉儷雙佳！

小安均此

知手啟

二・二十五・下午

希博弟：

星一您來我家，覺得您的精神很差，不知現在情況有所好轉否？無任繫念！

今日上午和唐老師晤談一次，主要是他把到第二紡織機械廠去瞭解到一些情況，告訴了我。據我的感覺，還有些話他沒講出來。關於去外地或留在上海的問題，據說「二機」也不能作主，總權還在「鄉辦」。實際上我的目的，只要住房分開，不再和他共同生活，我所要求的就是這一點。據說唐和黨支書彙報後，支書的意見，他們先和少朋談一次話（據說少朋為了清卿留滬的問題，曾向「二機」打過報告），聽聽少朋打算怎麼辦？因此，唐老師約我於本星期六（十五日）上午，再到戲校去一趟。我因您很關心這問題，先把情況告訴您，等十五日和唐老師見面後，我們再面談一次。餘修改面談，順頌　儷佳！

知手簡

三．十二．下午

希博弟：

您去蘇州，百忙中還來信告訴我，說明您對我的一切，時在念中，使我深受感動。不知您到蘇後，身體恢復健康否？無任繫念！

我因前幾天「小鬼」經常回來，搞得我晚上不得安睡，有時安眠藥一宵服二三次，以致白天走在馬路上，感到精神恍惚，昏昏沉沉，我又懷疑可能血壓升高，因此於本星期一（十七日）到醫院抽血檢查「三酸甘油脂」和「膽固醇」，同時也量了血壓，據說上面一三〇、下面七〇，這樣看來，血壓並沒升高，可能是多吃了安眠劑，等待驗血報告單出來再說。

唐老師曾與少朋談過一次話，據說少朋答應今天（十九日星期三）和「小鬼」作一次認真的談話，但是，昨天（星二）是「小鬼」回來的日子，可是一夜沒有回來，一直到今天上午六點半才回，而且還關照娘娘九點鐘叫他起來（只睡兩個多小時），看情況，今天中午他不一定到娘舅家去。少朋的所謂談話，一定又是老一套，「叫他早點回家，對我對娘娘有些禮貌」。所以還是需要和黨支書寫封信或者談次話。我和唐老師曾談過兩次，他認為我住戲校問題不大，但又顧慮到外人知道我住到戲校，可能要引起一些謠言。主要，他認為「小鬼」安排到哪裡去，這個問題最感棘手，作為戲校領導，對「小鬼」不能置之不問。他希望我也幫他們想想主意。您接信後，應該怎麼對付戲校，望速來信告知，切盼切盼！！專此順

問　旅綏

篤璜、家沅同志希請切實問候！

我從十七日起忽患重感冒，今日起已有所減弱。

知手簡

三・十九・中午

希博弟：

您從蘇州回到上海，就來我家（還等待了三個小時），說明您對我這種深切關懷，心感難言。

今日下午，老許來談了一番，他的看法，認為問題不難解決。我的思想放不開，我是完全承認的，的確有些前怕狼、後怕虎（您也這樣講過），現在我和老許約定，准於本星期日（三十日）下午三時後，他到我家，希望您撥冗來一趟。因為我這兩天腦子很混亂，您聽老許講了，覺得他有粗枝大葉的地方，可以提醒他一下，也就是「後果」問題。不過今天他比前幾天講得比較全面一些，但我還是希望您來一起考慮問題，我更加放心，我想您決不會推卻的。餘面談，祝您

伉儷多佳！

知手簡

三．二十八．燈下

希博弟：

在最近二三天內，不論上下午，您能抽暇到我家來一次，我有個問題，希望和您商量一下，望撥冗惠晤為盼！

我的兩足，因濕氣相當嚴重，每日晚上，必需用沸水燙腳，前幾天由於燙得過分，兩足趾因脫皮而潰爛，到今天為止兩足行路，尚覺疼痛，是以不克趨府，希諒之。餘候面談，祝

好！

振飛

三月卅日

希博弟：

上星期日把您累了大半天，不知您近日的身體如何為念！

星一少朋來作了一次交換意見的談話，我把準備談的四點大致都談了，但少朋一開口，首先強調他精力衰退，血壓高，頭昏等等。對於我談的四點，認為我想得太多，想得太遠。總之態度非常狡猾，一句出，一句進，最後，認為這個問題，不是什麼「不可調和的矛盾」等等。對於大門鑰匙交給他，娘娘遣散回鄉都不同意。詳細情況，一時我也寫不盡，只能我們晤面時再談。

以上出現的這些回答，我也預料到七八分。由於老許和舊戲班中人打交道的事，並沒有什麼經驗，在這方面，您是比較清楚的。本星期五（四月四日）午飯後二三點鐘，請您在家稍待，我到您處面談一次，萬一您有事，希即來信，再另約日期、時間。

昨日接昆明侄媳來信，據說國家地震局在雲南測出了兩個地震中心，一個在滇西，就是現在我侄子經農出差的地方——下關，據說是大難地區。另一個在滇東與四川交界處，而昆明就在這兩個中心的中間，很有被震的危險。據說就在三四月份內發生，有八級的可能。因此昆明方面搞得人心慌慌，我聽到這消息，也感到惴惴不安。餘候面談，祝您

儷佳！

知手簡

四・二

希博弟：

八日上午，您抱病還來和我言別，我內心的感謝，不是筆墨所可表達，我也不講什麼客氣話了。

八日中午十二點半起飛，下午二點一刻就到了北京，等於到一趟蘇州一樣。七〇七飛機

確是平穩舒適，我擔心隔夜只睡二三個小時，又是十多年沒乘過飛機，是不是吃得消，我的信心很不足，結果，一點沒感到頭暈等等。飛機只飛了一點三刻鐘就到達北京了。中央文化部已派了幹部多人在機場等候，同時，還叫我和傳鑒傳芸三人坐保險小轎車，真使我受寵若驚。九日起已開始參加工作，而且一天三班，但領導上對我，還是適當照顧的。我的工作，還是屬於「顧問」性質，可是好像醫生看門診，經常有人來詢問一些問題，一走也走不開。好在我也沒有地方去。我給梅家寫了一封信，梅夫人得到消息，高興得跳起來，即於九日晚上，不但親自到招待所來，還同了一位和她經常看病的中醫一起來，老友盛情，令人可感。

這次文化部抓得很緊，每天要聽一二次首長指示的傳達。據說，調演可能暫時也要停止讓路。蘇崑北來，可能又要推遲了。我應當一到就給您寫信，但實在抽不出時間，希諒之！我的拐棒已經不用了，說明調個環境，確有顯著效果。匆匆不盡欲言，抽空我再和您通信。

祝您儷佳！

箴非手啟

四月十三日中午

希博弟：

曾接娘娘來信，知道您又出門去了一趟，料想現已返滬矣，為念！

我於五月四日下午，忽患「支氣管出血」症。在一小時以內，咳出了十幾口鮮紅的血，幸得搶救得快，馬上由小汽車送到「積水潭醫院」急症間，當即經過透視，證明是支氣管的小血管破裂，注射了大量止血針劑，從四日下午急症間診療後即住進病房，同時，血就沒有吐過。止血針劑一共注射了六天（每天兩次），醫生認為可以不打了，但又發現肺部左半邊有「水音」，正在注射青、鏈黴素。昨日醫生診療後，認為一切方面，都有很大好轉，大約明天（十三日）準備X光檢驗胃腸，如果沒有問題，十五六號就可以出院了。希望檢驗不要有問題。

我現在想到，您多年來一直病假在家，主要的病症，不就是「支氣管出血」嗎？過去我聽到您說，我總認為不是太嚴重的毛病，這次犯到我自己身上，在不到一小時內，連吐了十幾口鮮紅的血，而且在量的方面，一口比一口多，當時是感到有些著急的。現在希望您把過去發病的情況告訴我，目前雖然不吐了，但不等於說不會反覆。應該注意哪些問題，請即函告，不勝切盼！

華園我於昨日才寫信告訴老兄和娘娘。積水潭醫院在北京不但算大醫院，而且是「開放醫院」（據說尼克松參觀過）。醫生還不錯，我住的病房是兩個人一間，還算清靜，就是伙食之劣，簡直難以下嚥。文化部于部長特地派了文化部辦公廳和文化部藝術局長（兩位都穿解放軍裝的）代表于部長來探病，並一再囑咐醫院負責人，對我的伙食要特別搞得好一點，同時，李金泉老師也來了兩次，張美娟同志來了一次（李金泉也是文化部審查戲曲的重要人員），梅葆玥來了三次，正仁、美緹和戲校同學來的也很多，都認為醫院的伙食太差。最近幾天，由梅家送雞湯下面，總算解決了問題。

如果醫生同意我出院時，我準備到梅家去住一個短期（梅夫人去滬，梅家更加清靜），我已托岳美緹和蔡正仁和文化部領導人講一下，得到他們的同意，據我估計，大概不會反對。

精力不濟，餘再續告。順問

儷佳！

箴非手啟

五月十二日

「五一節」我參加了頤和園的遊園會，可能勞累了一些。

希博弟：

您於九日和十四日兩次來信，俱已收到。這次為了我的病，給您增加很多麻煩，感謝感謝！！

您說我的病根，在上海時期早就種下了，我完全同意您的看法。我這次的發病，並不是工作太累，而是心情過分興奮。記得過去您也講過，我這個人的心情，既不能不愉快，也不能過分高興，但是，這次的特殊情況，誰遇到都免不了要激動，尤其我正在無路可走的關鍵時刻，忽然得到這樣一個光榮任務，精神的振奮是不言可喻的。毛病就出在過分興奮。已經過去的事暫不談了。本月十三日，醫院給我X光檢查了胃腸（拍片），據說沒有什麼問題，肺部也拍了片，左肺尖有肺水，之後就每天注射「慶大黴素」兩次，十九日又透視了肺部，據說肺水已完全吸收，可以考慮出院問題。我準備在廿二、廿三、廿四三天中挑一天，今日醫生查病房時，打算徵求一下醫生的意見。關於到梅家去養病的問題，我託正仁側面聽聽領導上的意見。領導上認為，我到北京是中央首長提出來的，如果出院後住到別人家裡去，說明領導上對我的生活問題沒有搞好，所以我不願回到招待所去。另外，可能在我出院之後，中央首長會到招待所來接見，到了那時，如果我尚在住院，當然沒有問題，如果知道我已經出院，但是住到朋友家裡去了，那就肯定在第四招待所的領導幹部，要受到中央首長的批評。還有一個更重要的問題，于部長幾次到招待所來，一再強調我們現在參加的工作，是一項絕對保密的工作，保密的程度，要提高到對自己的愛人也一字不提。我參加了這樣的保密工作，反而住到朋友家中去，這在組織紀律上必然會起到一種極不好的影響。這問題，上星期天（十八日）葆玥來醫院，我和她也交換了意見。她和她的五嫂都是非常歡迎我住到簾子胡同去，最近又接到您給梅大嫂代筆寫的信，但是一再考慮下來，還是出院後回招待所較妥。估計這次回招待所，領導上肯定是會照顧我的。還有一點比較好的，由於招待所醫務室的醫生都是「積水潭醫院」派去的，我回招待所後，還能繼續治療，萬一出現什麼新情況，隨時由醫務室打電話到醫院，和給我看病的錢大夫聯繫。招待所的吃和住的問題，條件比醫院好，同住的還有蔡正仁，隨時可以照顧我。總之比住在醫院裡要舒服很多。您在這問題上費了很多事，但是，您知道了我的為難情況，一定不會見怪我的。雲南白藥，您不說，我忘了。由於我的侄媳是昆明人，她給我買的白藥，是昆明曲煥章的方子，是最有名的一種白藥。現在我叫娘娘送到您處，請您即日送交梅大嫂帶京（作為備而不用之品）。同時，請您和梅大嫂講一下我出院後回招待所的原因，請她不要有誤會，費神謝謝。

寫到這裡，恰巧錢醫生來了，她已同意我於廿二日上午出院，這也說明，我的病已完全好了，請您順便也告訴一下梅大嫂。同時，請您問一下大嫂打算幾時回京？我從四日起到現在，已有十七天沒有抽香煙，這也是壞事變成好事。餘再續詳，順問

儷佳！

知手簡

五月廿日

希博弟：

昨日（二日）清晨，李家載兄給我送到牛肉，由於時間在他上班之前，我還酣睡未醒，

因此也沒有接待他，殊感歉疚，我因不知他的住址，只能託您代致謝忱是荷！

這樣好的牛肉，已有很多年沒有看到，據他對娘娘說，今後如果再要，叫我通知您，轉告他，似乎他很有辦法，並不十分困難，對我來說，確是意外收穫。

這次您把進口貨牛肉汁送給我，使我感到受之有愧。再一次向您表示感謝！我服了王醫生的方子，大便暢通，因而食欲也有所增加。睡眠有時較好，但有時服了安眠劑，睡得並不好，看來還須安心靜養。下午三時後有暇希來隨便聊聊。順問

儷佳！

知手簡

六月三日

希博弟：

我這次由京返滬後，打定主意，關於言子的事，採取不聞不問的態度，由娘娘去對付。但從十日（禮拜三）起，一直到十四日，沒有一天不回來，又引起了我的肝火上升。本來打算在最近幾天內到您家和您聊聊，但因想到要掉換三輛公共車子感到勞累而未果。上星期五（十三日）實在覺得身上發癢難受，勉強去洗了一次澡，恰巧您就在那天到華園，回家據娘娘說，星期六下午老顧同志要來，可能您也會來的。昨日（十四日）三點多鐘老顧來了（據

說您約他三點半到我家），結果來了一個蔡正仁。由於美緹寫信給鄭麟，據說江青同志聽了她唱的「三醉」錄音，認為很不錯，但又問：湯顯祖原著上的「三醉」，還有好幾隻曲牌為什麼不唱？鄭麟把這情況告訴我和正仁，因此正仁認為可以到趙景深先生家去查一下原著，同時，據正仁說「磐石灣」劇組有位西樂指揮是趙先生的親戚，託他先和趙先生聯繫一下。經過聯繫，趙先生當即囑其親戚，關照正仁和我准於星期六（十四日）下午四時，他在家裡等待我們前去。昨日到了下午四時，正仁問我怎麼辦？當時老顧認為到了四點鐘您還不來，可能是另外有事了。老顧又問娘娘，據說您對她說過，星六下午有人到您家，您就不來。因此老顧、正仁和我，我們三個人一起出門的。及至回家，才知道在我們三人走後不久您又到華園，又撲了一個空，同時，知道您又約了一位醫生準備給我檢查身體，您對我這種深切關懷，銘感無極，容晤當再面謝！

關於服用「潘生丁」問題，這次我在北京住院期間，大概一星期後，醫院給我每天服用兩次藥丸，是大紅色的兩粒，白的一粒，出院時也給我每種六十粒，但我始終不知道是什麼藥。一星期前，我覺得有時有些心宕或心跳，但時間只有幾秒鐘，那天恰巧有位小徐同志到我家來，談起這問題，他即於下一天把他的親戚錢醫生約了來聽了我的心臟和肺，撫摸了胃和腹部，他建議每日服三頓的西藥，每頓服潘生丁一粒，氨茶鹼一粒，B６二粒，至於身體方面的調理，他也認為中藥最為相宜。及至我配藥回來一看，原來北京醫院給我服用的就是潘生丁。我看到潘生丁藥瓶上的說明，「預防和治療急慢性冠脈循環機能不全，心肌梗塞等病」。下面又說：「在症狀改善後可繼續服用。」我的老年性血管硬化是客觀存在的，當然心血管硬化也不能例外。錢醫生認為心宕、心跳、心口發悶情況消失後，潘生丁可以停服。我聽娘娘講，您對我服潘生丁非常關心，故特簡單地向您介紹一下，詳細情況，俟於晤面再談。

上面提的那位錢醫生，是紡織第三醫院內科病房的醫生，年紀四十多歲，臨床經驗還不錯，當然不能和陳醫生比。我因陳醫生比較忙，身體又不太好，雞毛蒜皮的問題，我不願經常去麻煩他。陳醫生第一次見面，對我就很熱情，我決不是不相信陳醫生而另找其他醫生，這一點，希望您不要有所誤會。

昨日許寅上午來華園，我到文藝醫院去了。據他對娘娘說，馬醫生的愛女馬蘭，本來隨她娘在農村，不料於上星期一，在農村被拖拉機軋傷，情況很嚴重，據說現在新華醫院。今天上午我打電話給許寅，他不在家。想到馬醫生夫婦對馬蘭愛如掌上明珠，現在出了這樣的事，真使我感到束手無策。我星期二（十七日）上午，如果精神好一點，我可能到您家來一趟，但午飯不吃，請您不要客氣。順問

儷佳！

知手簡

六月十五日燈下

希博弟：

昨日您來談到蘊華同志的病，當時我口頭上雖然沒講什麼，心裡總感到有些擔心。後來您走後我又仔細地想了一下，如果腹部外面已經摸得出一塊圓的東西，假如是屬於癌症，她的精神狀態早就變了樣子。我從北京回來，和她已三個多月沒有見到了，但前日吃晚飯看到，她不僅沒有病態，我感到她更加健壯了。至於子宮瘤（良性的）是有可能性的，不知她有「沖血症」沒有？記得言子的娘在六〇年患「沖血症」，六一年由第一人民醫院婦科主任林醫生動手術割掉（當時子宮同時割掉）。上海婦科三大醫生，一、孫克基，二、王淑貞，三、林醫生（名字忘了），聽說現在還在第一人民醫院，陳有民醫生一定是很熟悉的，不知您陳醫生家去過沒有？現在，首先要沉住氣，不用慌，聽了「切片」報告，再和陳醫生商量辦法。請您先向蘊華同志致以深切的慰問！首先不要有精神負擔。順祝

康樂！

箴手簡

七月九日

希博弟：

昨日之敘，暢談為快。陳義同志一看就是個直爽人，很熱情，就是昨天準備的菜肴太豐富了，作主人的花錢太多，感到不安，如晤楊振兄，希代致謝為荷！

您的病尚未痊癒，一定要服幾劑湯藥。我聽您的鼻子還沒暢通，說明「外感寒邪」不清，只有中藥，療效比較全面，盼您即日就找醫生開方，萬勿延誤！

蘊華同志既已確定子宮瘤，等待秋涼動手術，希望她心情開朗，不要緊張，順祝康樂！

知手緘

七．二十四

希博弟：

今年的秋老虎相當結棍，您身體還未恢復健康，但您還特地來看我，說明您對我的關心，使我銘感難忘，敬謝敬謝！！

昨日（十七）晚飯後我赴張樂平老兄家，他們夫婦對我去表示熱烈歡迎，我把要求告訴了他們，樂平愛人馬上去到方萌（女）家去。據說「方」的丈夫名叫徐盼秋，文化大革命前，在公安處做事，但對當前公安局方面，熟人還是多的，樂平夫婦，把俞博海寫的一張條子已拿去。奈因昨天方萌夫婦都到親戚家去了。他們準備約定方萌夫婦於本星期六晚在家等我，我先到樂平家，他們夫婦陪我同去。當然，首先他們打算今天先和徐盼秋同志見一下面，說明我的要求，如果「徐」認為可以想辦法，即於本星期六陪我到徐盼秋家去。也就是說，本星期六晚我到了張家，他們同意陪我去，說明徐盼秋已答應代我想辦法，我準備不管成不成，本星期天（二十二）上午九十點鐘我到您家來當面把情況告訴您。

陳義家去過否？前一陣聽說他父病重，不知現在如何？如和陳義、振雄等同志晤面，望代為問候致念！專此順問

儷佳！

箴自泰興寄

八．十八

希博弟：

最近兩天，蘊華同志的情況一定是一天比一天好。每天吃些什麼？胃口如何？一切俱在念中。同時，還望您和小安也要注意健康！

煤氣公司娘娘已去過，據該公司職工講，煤氣灶買下來的期限，要到陽曆年底為止，只

要在陽曆十二月份內付清就可以，因此我特地寫信告訴您，不用著急，等待蘊華同志回家以後再辦手續不遲。我恐怕您為此事掛心，特此函告，順祝

蘊華同志早復健康！

如果需要娘娘燒些什麼小菜，隨時關照，不要客氣。至囑至囑！！

箴非

八月卅日燈下

希博弟：

對於「雞頭肉」，已經十餘年沒有吃到了，這次您想到我，儘管我不敢多吃（恐怕不消化），但確實感到清香可口，別有風味。就是想到您伉儷費了高度的勞動，應該向您們表示感謝的！

關於我這次準備和「言子」斷絕關係，以及搬家等等問題，我感覺到您對這些問題有您的看法和想法，但又不願和我明講。另外，關於俞博海問題，似乎您也有不同看法。本來我寫信給博海，我也告訴你的。同時，我也和您講過，如果博海同意我到他那裡去談話，我希望您和我同去，可以隨時替我補充一些需要講的話和要求。後來正仁和博海電話裡決定二十

一日（星期日）下午四時來華園，同時，博海希望正仁參加以外，不必再參加其他人，因此我認為等待談話之後，把情況告訴您也一樣，但是現在看來，可能您在這問題上對我不很滿意（這是我神經過敏的猜測，如果不對，乞諒之！），老顧處樣片，如果能看，請您順便帶給我看看。另外，有一本郝壽臣臉譜集，不知您需要看否？餘候面談。祝

好！向蘊華同志問好！

箴非

九月廿四日

希博弟：

「一日不見，如隔三秋」。以前我對這八字體會不深，現在感到，在你我之間，就有這種情況。我們從陳義家晚飯後，天天盼望您來，我已準備星六（十一日）下午您再不來，我於星日上午到您家走一趟。

我這幾天由於經常一個人（包括在家和出門），因此思想上想到的都是些不愉快的問題，越想越感到「氣鬱」越嚴重。昨天我和您講了二三小時，大概您也感到我的「神經官能症」在發展吧。

昨天晚上，娘娘忽然提出，認為煤氣灶不要賣出，也不要買進（並不是對您有什麼意見）。據她估計，現在這只大灶拆走時小鬼可能不在家，不會攔扭。等我搬家的那天，我要拆走您讓給我的那只「灶頭」時，他會攔住不讓拆。如果現在的「大灶」不動（反正是煤氣公司的），這個麻煩就沒有了，萬一新房子有現成的煤氣灶更好，沒有的話，向煤氣公司買一隻也方便。

我因昨天晚上鄭麟把美緹的新地址送給我，談到將近九點，又來了個蔡正仁。他們走後，已快十點鐘了，所以對「灶頭」問題，沒有和娘娘多談，現在我想到，您準備下星期二（十四日）下午來華園，您見了娘娘就說：「接到俞老來信，他的煤氣灶又不準備出讓了，不知為了什麼緣故？所以今天特地來瞭解一下。現在他不在家，不知你知道為了什麼？」

她昨天和我講「灶頭」的問題，認為現在的「大灶」是公司的，如果小鬼要，讓他去花錢。如果我買了您家的「灶頭」（連桌子一隻），至少也要二十多元，萬一小鬼不讓搬，豈不是二十多元白白便宜了小鬼。她表面上是這樣講，究竟有什麼意圖我也搞不清，請您聽聽她的所謂「意見」。同時，從「灶頭」問題，就把您準備和她談的話，就趁此談下去，似乎您到我家，使她不感到突然（此人是「鬼靈精」）。

關於「買被面」事，請您不要買了，我準備另做打算，由於此人的怪脾氣，您們不是一天到晚和她在一起的人，萬萬猜想不到的。星期二（十四日）三點前她在一號汽車間讀報，您三點半來，也不要太晚，因為四點三刻左右，「小鬼」要回來的（廠禮拜六），給您增加麻煩，我也不談什麼感謝的話了。順問　儷佳！

十月十二日　知

希博弟：

上星期三您陪我看耳疾時，我看您的精神很疲勞，不知這幾天您的「流感」痊癒否？念念！

最近梅葆玥來滬探親，因為今日動身北返，昨日特地又來看我一次（抵滬後已來過一次）。我託她帶了幾張照片贈給梅大嫂，許姬老等，因此又要麻煩您，添印三張戴眼鏡的。還有一張，您和老顧都說我臉上有戲（我也認為四張之中，這一張比較好），請您把這張底片添印柒張（共拾張），只要在您家附近照相館裡印一下，千萬您不要自己動手，一共多少錢，當於晤面時奉起。

耳朵的情況很好，晤老蔣時望先代我向他道謝！本星期六上午，我再到醫院去看。這幾天的天氣特別沉悶，很想看到您，隨便談談可能鬆散一點。但我又不必請您來，我到您處，又怕您不在家，只能過幾天再談吧。順候蘊華同志健康！

十月廿七日上午

箴手啟

希博弟：

前天裝半導體的那只皮包，您如有便，希望帶給我。因為這只包，是我去北京的前一天買的，尺寸比較大而深，可以多放東西，我如果到蘇州去，想拿這只拎包，可以多放一些隨時需要用的東西，萬一沒有空，也就算了。另外一隻小型小導體，如已修好，亦請帶來為感！順問

儷佳！

箴非手緘

十月廿九日下午

希博弟：

昨晨娘娘在菜場碰巧買到兩隻「鹹蹄膀」，我本來準備今天送一隻到您家去，但因氣候忽然轉冷，不敢出門。娘娘因「小鬼」經常回家，為了照顧我，她也不敢離家，好在是「鹹」的，存放二三天沒問題，這幾天您如到這邊來，請到我家來彎一彎，我吃了兩天「鹹肉豆腐湯」，胃口大開，所以我一定要送一隻給您嘗嘗。

美緹大約三五天內可以返滬，特此附聞。專此順問

儷佳！

箴非

十一月廿三日下午

希博弟：

本月七日（星期日）蔡正仁去到房管局的俞博海家，「俞」的態度還是非常誠懇。見了蔡就說：「我等了你們兩個多月，怎麼不見動靜？」當時蔡把文化局和戲校的情況向他彙報了一下。他非常痛快的說：「你們通知范斌和我見一次面。」（俞和范不認識的）現在，我已把情況告訴了唐文林，他答應今天（九日）打電話叫范斌去找博海。我準備趁熱打釘，明天（十日）到戲校，請組織組同意我自己到文化局當面和范斌要求一下，我想可能比唐文林

打電話的力量稍大一點，不知您以為然否？

另外，又要麻煩您一件事，今年的「案頭日曆」，據文具店說，上午來貨，一搶而光，我問了很多家，回答都是一樣，看來也要「走後門」想想辦法。我現在用的是十公分的，如果小的沒有，有大尺寸的我也要。萬一需要連架子一起買的也可以，請您無論如何想想辦法，我就不另外託人了。否則來了二三份，也是一件麻煩事。費神之處，容再面謝！祝

好！

箴非

十二月九日燈下

希博弟：

昨晚您特地跑到靜園門口等我，您這種負責精神，使我心感！昨晚振言同志是第二檔，觀眾對他是歡迎的，當然，我也是滿意的。

今天上午到戲校，知道「言子」很早就跑去，認為唐文林召集這種談話是解決不了問題的，因此，一方面表示不參加，一方面向「唐」道謝。這就逼得我要走法院解決的路。「唐」叫我寫出一份材料，最後由戲校組織組加上批語，證明我寫的都是事實。現在，我準備把許多事實搜集一下，我一輩子沒有到過法院，用什麼方式，還要您幫助我來搞。一月二

日下午二時半到三時之間，希望您來。餘言面傾，祝您伉儷和小安新年愉快！

箴手啟

十二・三十一・中午

事實很明顯，娘舅是在「導演」了。現在，我心裡一點不害怕，就是感到氣憤！您看，除了法院解決之外，還有其它辦法否？希望您代我仔細思考思考。我擔心法院認為這種屬於調解事件，萬一法院到「言子」廠裡通知他，他還是不去，我想法院必然要採取措施的。心亂如麻，書不盡言，還是面談吧。

一九七六年

希博弟：

昨日您來我家，失迎為歉！

昨日上午九時我到戲校，準備和唐老師談談。我一走進戲校大門，傳達室門口寫明昨日上午九時在大舞臺舉行周總理的追悼會。當時正是九點鐘，我覺得這樣的大事，學校應該通知我，他們對我置之不理，當然也可能上一天是星期天，學校除了唐文林，據說吳書記為了布置下一天追悼的事是到戲校去的，也可能把我忘了（暫時只好這樣想，自己安慰自己）。同時，我問傳達室唐老師上班了沒有？據說其他人都去大舞臺，科室中只有唐文林一人，於是我就上樓，我想問問他，他前幾天所說的，對言子問題要「準備兩手」。所謂兩手，當然一手是繼續談判，一手是法院解決。那麼言子已表示拒絕，用什麼方法再繼續協商。但聽到唐文林的口氣，有些打「退堂鼓」的味道（當然不是太明顯的），究竟為了什麼？使人莫明究竟。同時我聽他說話之中，特別強調這一陣要按照中共中央國務院通知要隆重追悼周總理，因此任何事件都要擱一擱（這也是事實），當時我就沒有和他多講，但回家後，午飯也吃不下，心裡好像倒翻了「五味瓶」，甜酸苦辣一齊湧上心頭。下午我特地到周璣璋家去一趟，問一下他是不是參加了追悼會。結果他在發燒，躺在床上。我就把言子問題徵求了他的意見，他是不同意到法院的，他認為唐對這問題完成不了，應該找黨支書。昨天中午許寅來，他也不同意上法院。當然，並不是我對法院有什麼興趣，這也是唐文林提出來的，而且並不是馬上就去，只是叫我搜集材料作準備而已。由於我心情紊亂，所以您約我看電視，我也沒有興趣，又累您在馬路上等了我一段時間，感謝您對我的關心（看電視，說明您是明白我的心情的）。希望您於暇時來我家對於一些問題隨便聊聊，渴盼渴盼。祝

好！

箴非手啟

一月十三日

希博弟：

昨日您離開我家，使我感到突然。關於昆明來的周燮唐同志，上次在粵海飯店結婚的就是他。他每次從昆明回上海，我侄子俞經農總要託他帶些東西給我和他父母。每次不論帶的東西多少，他總是自己送到我家。由於這樣，他對我的家庭問題，瞭解得比較清楚。這次他聽到我有赴法院意圖，因此上次到我家時，談起他父和他都有朋友對法院情況比較熟悉的（據說其中有一人是在長寧區法院工作，是不是法官我還沒有問過他）。關於這件事，我記得告訴過您的。昨天我感覺到周燮唐看到您，他說話有些吞吞吐吐，所以我對他說，您和我是自己人，不必有什麼顧慮，就在這個時候，您忽然說：「我走了，你們說話方便些。」一說明您是發生誤會了，我的一切，我是一件事也沒有瞞過您的，這一點您應該相信我。不過我自己也感到，最近幾個月，我的頭腦經常感到模糊不清，俗語所謂「七搭八搭」，這就說明我的大腦皮層受到的刺激傷損較強，如果再過一段時間，一切問題還是沒法處理，恐怕我的精神病還會發展。當然，我自己也知道這樣發展下去不是辦法，但就無法控制。至於我的行動、言論，假如您感到我不對頭的時候，希望您及時給我指出，不要有什麼顧慮。

昨天您走後，周燮唐跟著走了，說他已約好朋友談話，所以他準備明天（星一）上午再把話談給我聽。究竟他有什麼打算，我就搞不清。

我們是五代世交，和其他人確實不一樣。近幾年您對我的關心和照顧，我是銘刻在心，今後我還是要您大力幫忙。另外，嘉善路陳醫生處，從您代我送去前門一條後，我又送去了兩次禮物，這次過春節，您不要替我再送什麼東西了。

聽說周總理的遺囑，加上毛主席的批示，不久就要開始傳達、學習，這一下要稿到什麼時候，無法估計，我的問題，又要拖下去了。我於一月十四日又赴戲校，唐文林的態度有所轉變，特此附聞。順祝

儷佳！

箴非手啟

一月十八日

希博弟：

昨日您來隨便聊聊，覺得精神輕鬆了不少。否則我一個在家，悶坐斗室，冰冷徹骨。尤其最近一年多來，老花眼鏡戴得時間多了就要頭昏，因此看書看報都成問題，可是如果不看，不寫，頭腦裡就要想到那些不愉快事。近來我感到「健忘」情況，發展得很快，昨天我在一家鋪子裡買東西，一根手杖掛在櫃檯邊上，結果買完東西跑到馬路上，才感到手杖沒有拿，雖然是件小事，內心為之惴惴不安。

陳義同志屢次請吃飯，真感到有些不好意思。昨日本來談妥陳家午飯後同到您家，主要

是您要我的情緒鬆散鬆散，現在我想到，晚上（到了下午六時後）我就感到怕冷，現在我睡覺，腳下湯婆子，上面熱水袋，說明身上的熱量越來越在減少。如果在您家隨便吃頓晚飯，一則您一家又要忙亂一番，第二，我乘車回來，容易受涼。最近中、西醫生一再囑咐，叫要注意「感冒」。同時，午飯後，我還是睡一個小時比較舒服。我們改為年初到您處隨便吃一餐午飯，我想您一定同意我的要求。祝　好！

知手上

一月廿五日

希博弟：

春節元旦，在您家既飽餐了一頓精美的家常菜，又和您老岳父談得很高興，我想您伉儷一定也感到我那晚的情緒是比較開朗的，這裡，特向您全家表示感謝！

柯夫同志給我寄來了兩張四日晚上演出「威虎山」的座券，我昨天晚上去看了，除了小常寶是B角，其他都是A角。這出戲，可能最近因為要出國演出，又在加工，使我看得很滿意。娘娘托我向您轉言，她只希望您給她搞到壹張票。據蔡正仁說，「威虎山」暫時決定演到二月九日，也可能再繼續演幾場，那麼萬一二月九日之前有困難，等待繼續演出時再請您想想辦法看，真要沒有，問題也不大。

有兩本道林紙的「粟廬曲譜」在您處，我想請您有便帶給我，另外給您換兩本中國連史紙線裝本。因為蔡瑤銑向我要兩本曲譜，她是為翻閱唱腔用的，給她線裝本太可惜了，尤其您是準備收藏起來的，應該把線裝本換給您，便希帶來為盼。由於聽說過了二月十日，蔡又要去北京。餘候而談，祝

好！

知手簡

二・五・下午

希博弟：

春節第一天，起床梳洗畢，吃了一碗炒米粉（就是您從湖州帶來的），忽然聽到有人敲門，開門一看，一位「綠衣人」遞來了一封您的來信，這就充分說明彼此的感情有著密切聯繫的具體體現，使我感到高興。同時，回憶到我幼年時，每逢元旦，我父必然要用一條大紅紙，寫上八個字：「元旦書紅，萬事亨通」。這是迷信，也是地地道道的四舊，因而我換了兩句：「元旦接到關心人的書信，使我心情歡欣」。

「客人」從九日下午來後，一直到昨晚為止，三頓午飯，四頓晚飯都沒吃我的，說明他

很吃得開，同時，也減少了一些麻煩，對我來說，倒是好事。晚上回來睡覺的時間，卻是來了個「芝麻開花節節高」。第一晚（九日）晚十二點。第二晚（十日）晚兩點。第三晚（十一日）晚三點半。第四晚（十二日）全夜在外。今天晚上和明天下午是不是上班，現在還不知道。總之，「難關」已經度過一大半了，會不會最後還有一個高潮，只能聽之任之。上星期四來，據說要買年貨，要去了壹元五角和壹斤半糧票。十日晚上，要去了伍元，說是要買「禮物」，這是年常舊規，我也如數給了他。最妙的，元旦下午，我問他晚飯吃不吃，他說吃不下，只要給他燒點粥，一點菜肴也不要，向我要三角錢，說是他要去買醬菜。我問他買什麼醬菜需要三角錢（實際我是多此一問），他楞了一下，對著我說：「今天是什麼日子。」我就丟了三毛，（他）扭頭就走。結果粥也沒吃，等於送了他一包海鷗香煙。如果明天他上班，我下午去洗澡，活絡活絡血脈，否則，只能再對付一天。悶坐無聊，和您筆談一番。祝您

闔家歡樂！

如晤老蔣，代致謝意，祝他春節健康！

知手簡

二・十三・午刻

希博弟：

昨天又把您拖了大半天，深感歉疚！李同志對人對事，非常誠懇，當然，首先由於您們是老同學，應該先向您道謝。今日上午唐文林聽到後也感到高興，他本來擔心這種家庭糾紛問題，可能法院不肯受理，同時他聽到李同志認為我和「言子」的關係是一種徒具形式的「繼父子關係」，是可以脫離的。他對昨天您寫給我的四條，覺得李同志的水平相當高，表示欽佩。現在由馬剛同志在跑文化局，要求他們先把住房問題批下來。今日見到馬剛，據說還沒找到負責人，我想本星期內，總得有一個「是」與「否」的決定，但等文化局有了表示，我再寫信告訴您。專此道謝！順問

儷佳！

箴手緘

三月廿四日燈下

希博弟：

昨寄一緘，想已收到。我記得「哭像」「聞鈴」這張唱片，哭像那一面，我只唱「叨叨令」和「脫布衫」兩隻牌子，應該下面還有「小梁州」和「么篇」兩隻牌子，由於時間所

限，沒有連下去。您開錄音和曲譜對一下，大概是不錯的。假如看工尺譜不習慣，可以煩勞伯炎兄翻一下簡譜。

粟廬曲譜是在香港中華書局印的，當時忘將「哭像」曲譜帶去，所以缺少一齣哭像。我因您很愛聽這張唱片，故將哭像曲譜抄寄，餘面談。祝

好！

緘非

三・二六・

希博弟：

昨日（二十六日）我是想不到您會惠顧寒窯，失迎為歉！我的那份材料，是希望您能撥冗給我再整理一下。據娘娘說，您昨天來，就是準備修改這份材料來的，您這種關懷備至的盛意，無任銘感！

現在我想請您於本月卅日（星期二）下午二點半至三點的時候來我家，如果您因事打算早一天來或者晚一天來，請您打電話托林家妹妹來通知我一聲，我一定想辦法恭候您！上次

娘娘托您掉換布票的事，不知掉到了沒有？可能這幾天掉的人比較擠，又給您增加麻煩，希諒之！

今天上午，娘娘在菜場買到一隻火腿蹄膀，雖然東西不夠「陳」，但在當前小菜難買的情況下，聊勝於無，我準備分贈一半給您嘗嘗。東西很便宜，就是不容易買到（非要清早四點多鐘去排隊，每個星期只售一二次，要去碰額角頭）。餘候面談。順候

儷佳！

箴非手上

三・二七・下午

希博弟：

來信早經收到，由於美緹和蔡瑤銑要拍「琴挑」、「拾畫叫畫」紀錄片，她們要求領導上，希望我去幫忙輔導，結果由麗都花園派代表向戲校吳書記要求，吳表示同意，因此於本月廿三日（星期五）就用汽車把我接了去，看來最近一個月，要每天到麗都上班。

我讀了您的來信，欣慰無已。五個劇本，您在蘇州改，還是帶到上海來改。您大概幾時

可以返滬？便祈函悉為盼。

博海於前天曾同了房管局兩位同志來看房子，我不在家（看耳朵去了）沒有見到。第二天曾和他通了一個電話，據說還未開始討論，等到有了下文，他會通知我的。究竟博海心裡是不是會不愉快，我也吃不准。正仁快要動身，因此忙得不亦樂乎，很難找到他。匆覆順問旅佳！

石堅、家沅、篤璜、成谷等同志，都煩您問候為荷！

（今日星期天休息）

知手覆

四・二十五

希博弟：

十日為了吃晚飯，累您到我家兩次，十一日為我精神欠佳，又到寒舍探望，盛情心感。我因昆明侄媳的表妹，在部隊參軍復員，一個月前來上海，由於她愛唱洋歌，親友們給她介紹了一位在「上海樂團」工作的老師教她唱歌，同時，她又要求我有沒有家裡有鋼琴的朋友，當時我就想到陳鋼，我答應她便中先徵求一下人家的意見，再通知她。一晃二十多天我也沒有去問。因此這位昆明姑娘於勞動節又到我家來問是否去問過？實際我這幾天確實感到脫力，尤其腿一點力氣也沒有，由於泰興路的工作逐步在推動加快。我更害怕的，擔心自己不要再出現北京咯血的情況。因此星期日我們一同晚飯後，我到陳鋼家去了一趟，結果陳鋼非常熱情，叫昆明姑娘每日上午他們上班之後，儘管到他們家去用鋼琴吊嗓子（小姑娘略微能彈一點鋼琴）。同時也談到外面謠傳華香琳的事，陳鋼夫婦和華香琳都認為中間有人在放野火，這樣一來，聊到了九點鐘才從華家走出，陳鋼特地送我到四八路車站，等了將近二十分鐘才乘到車子，到家已經快十點了。吃中藥，洗腳等完畢，將近十一點，以致服了鎮靜藥片也不起作用，同時，泰興路又來催我把「太白醉寫」全出詞句和樂譜寫給他們，他們馬上就要刻蠟紙分發給大家。電影廠導演和工作人員，要求於本月二十六日就要彩排一次，所以那天陳義家吃晚飯，無論如何我去不了。由於「醉寫」是我把崑曲的「吟詩脫靴」作了一些增刪，這個劇本，任何曲譜裡沒有，必須由我一點一點想起來，因此更加費事。現在，總算於昨天（十四）晚上完成。我從十日到十四日共五個晚上，雖然我怕失眠，每日工作到八點半，但這五個晚上都失眠了，今天上午劇本交去，可能精神可以鬆弛一下。這種情況我不講，別人是猜想不到的，陳義、振雄等如果見到，請轉言，同時，也希望您對我諒解是幸！

博海（十一日）不知戲校去了沒有？我連打電話的時間都沒有，明天（十六）是星期天，唐文林同志可能在值班，我準備通個電話問一下，如果有什麼情況，我會寫信告訴您的。

在一個月前，「言子」問我，她娘寄骨灰的公墓裡有否來信？我說沒有（寄骨灰的一張證，他要，我已給他）。今天上午，娘娘見他踏了車子回來，捧了一隻「匣子」，放在他睡的地方一隻小手提箱裡，估計是骨灰匣子。現在看來，大概他準備把骨灰匣子埋葬在草地裡，作為以後不能搬出華園十一號的「理由」。據您看他這一手，起得了作用嗎？明日我也準備彙報一下戲校。

這幾天排戲在加油，您也不必來，我有時間，抽空會到您家來的。您想到什麼問題，望函告。順候

儷綏！

知手啟

五・十五・下午

希博弟：

本星期一，鄭老師在公園見到您，說您很關心我的「醉寫」劇本寫出後，必須交給領導看過，由他們決定如何修改，這一點，我已按照您的意見做了，感謝您對我的關心。

本月廿七日（星四）「醉寫」就要彩排，聽說還有家載的「讓徐州」和李長春的一出花臉戲（劇目忘了），演出地點大概在「美琪」。因為市委和市革命委員會的部分首長，都要蒞臨檢查，由於這樣，我的精神格外感到緊張，是否能頂得下來，到今天為止，我還感到猶豫，請您向醫生朋友瞭解一下，除了「ATP」、「輔酶A」之外，有沒有吃的藥片或者打的針，使我身體內部增加一點「能量」，問到後，請即日來函告知，切盼切盼！！

我現在上班沒有一定，有上午班，也有下午班，今天就是晚飯後六點半上班，因此不敢約您。傳鑒主要要等「酒樓」、「搜山打車」有事，這一陣上班很自由散漫。彩排事，還是問柯夫較妥！

箴手啟

五・二十一・下午

我在泰興路並不累，就是掉兩部車子，逢到擠的時候，的確感到非常吃力，因此現在只要稍微動一動，就感到吃力（這一點，您是有體會的），據說日本藥中，有一種名曰「阿利他命A」，專治中老年疲勞脫力等病，不知國產中，有沒有類似這樣藥品，請您即日就去瞭解一下，我確實害怕再出現北京的情況。費神謝謝！

箴又筆

希博弟：

今天據說「琴挑」在「美琪」開拍，但我到了泰興路，就沒有精神再到「美琪」去了。我這一陣就用ＡＴＰ、輔酶Ａ在輪流注射，但見效甚微，我還想懇託您向醫生朋友瞭解瞭解，有沒有什麼臨時可以增加一些「能量」的藥物。由於中央文化部差不多天天有電話來催促，所有京劇、崑曲，都要多好快省地完成任務。本來定的十七日彩排，因為劉異龍有任務，可能要改後幾天。據說今天上午齊英才同志傳達中央指示，彩排雖然要改後幾天，但這三齣戲的完成，要比原定計劃提早完成（一齣花臉戲是李長春和李永德的「嘆皇靈」）。傳鑒和秦銳生（崑曲組負責人）聽說明日從蘇州回來。本來準備向崑蘇劇團借行頭，因為沒有合適東西，現在又向蘇州市京劇團去借了，所以多耽擱了一天。專此道歉！順問

起居！

箴手啟

五月廿六日燈下

希博弟：

您二十八發來一緘已收到，上次「使用稅」問題的回信也收到了。昨日（二十九）下午，穿了行頭、盔頭、靴子、髯子響排了一次，據說今天下午或晚上正式彩排（就在泰興路內），我越排越感到緊張，因而經常「脫頭落配」，心裡很著急（美緹任務大約昨晚可以完成）。

昨日因為下午二點半響排，我起床後，到復興西路打了針，本來準備蹓一下馬路，後來感到氣力不加，兩眼發乾，我就跑回家，服了兩片「安定」，居然睡著了兩個小時，因此響排時比較精神好一點。說明我完全是「脫力」，小本錢做大買賣，總感到左支右絀。現在我要一種針藥，打一針，就能比較精神振作一點，這是臨時的，略有一點毒性，關係不大（屬於這些藥品，恐怕還要急疹間配得到，也要懇託您代想辦法）。

前天路遇陳義，他說如遇人少時候，再來約我去吃飯。端午節即屆，可能要托您來約我，務必代我表示感謝！總之，任務不完成，吃飯只好暫停，請他原諒！復問

近好！

箴手簡

五・三十・下午

希博弟：

您三十一日來信收到。關於針藥問題，我在信上提到日本藥「阿利他命A」。由於這種針劑，專治中老年患疲勞脫力等症，至於進口藥，醫藥公司是不是有出售，我不瞭解，所以我懇託您向醫生朋友那裡打聽打聽，有沒有類似這種針藥的國產品？昨日您來信問我針藥叫什麼名字？可能您對我上次給您那封信沒有看清楚。今天為了計鎮華要到劇團去排「春苗」，所以上午馬馬虎虎在「美琪」排了一遍，十一點回家吃午飯，吃完馬上睡覺（這一陣只要有時間就想躺在床上睡），下午三點後，覺得頭昏腦脹，渾身不舒服，我就硬著頭皮跑到嘉善路陳醫生家去了一趟。陳醫生很瞭解我的心情（主要是您和他已經談過了）。因此他「量血壓」，「聽心臟」，說我一切都比去年好得多，問我這出戲要工作多少時間，我說：估計可能要壹個月。他認為按照目前情況，保證可以勝利完成任務，這等於給我打了一針「強心針」。關於打什麼針，吃什麼藥，陳醫生很仔細地給我安排了一下。

房管局（市局）派人於今日下午來，據說準備叫我去看房子，但是我和唐文林同志已三四個星期沒見過面。泰興路的工作亂得好，我不敢約您，也就是這個緣故。等到導演分好鏡頭，可能要安定一些，到那時再函告吧。匆覆祝　好！

箴啟

六・二・燈下

希博弟：

信稿極妥，但現在又來了新情況。昨日馬剛奉了唐文林之命來關照我，叫我對博海講，中南新村兩小間，萬一逢到排戲等等情況是不夠用的，因此要求要三間，如果三間拿到後，叫我拿一間給戲校青年夫婦，同時，還能做我的「保鏢」，使我哭不出只好笑，還是搬了兩間再說，不知您還有其它辦法否？心煩意亂，順問

好！

篋非

六月十六日

您能吃了午飯或晚飯，到我處來一趟？

希博弟：

昨日您不但給我煮了草母雞湯，而且還親自送到泰興路。因您來時，我們正在排練「醉寫」，所以他們沒有告訴我，一直到我排完回到屋裡，看到那只保暖瓶，我就認得是您家的，同時，看到您的附函，您問我雞湯燒得入味否？我老實告訴您，這次的雞湯，我打開瓶蓋，撲鼻噴香，湯清味鮮，您加入一點青菜，不僅營養好，而且在淡黃色濃湯中漂著幾葉青

菜，又漂亮，又好吃，可謂色、香、味俱全，這裡向您表示由衷地感謝！

這幾天「醉寫」漸入高潮，二十七、二十八兩天，爭取把鏡頭分完，下星期一，準備前期錄音開始，等待「逍遙津」拍完，我們就接著拍，因此我的心情也在緊張起來。估計「醉寫」可能在九月十幾號可以完成。專此致謝！順問您一家人身體健康，精神愉快！聽說您有赴蘇州之說，不知確否？希請函告為盼！

振飛手上
八·二六

*此信件由中國崑曲博物館提供。

希博弟：

您於十月十八日寄來一緘已收到。這次華國鋒主席對「四人幫」行動，確實是件大快人心的事，值得高興。我雖年逾古稀，也要投入運動中去。

泰興路現在正在等待中央的指示，所以我們還是每天上班，同時，聽傳達中央文件。在文化廣場，全滬文藝界參加的聲討「四人幫」大會，會後遊行，因我年邁，領導上照顧，沒有讓我參加。

「醉寫」電影，一直拖到九月廿七日才開鏡頭，十月六日下班時，英才同志催促我們在三天內趕拍完成，搞得我緊張萬分，現在，總算在十月十日初步完成，尚有一些鏡頭要補，以及音樂方面的後期錄音，都沒有來得及做。此地這個組織，肯定要取消，現在要聽北京方面的通知。我有很多話要和您談，希望您到滬後就通知我，當即約期面談。您盛意借給我的一隻煤油爐，我暫存在傳鑒家，據說他也有話要和您談。我在泰興路住了三個月，確乎人也胖了，但從十月十日拍完電影，我就回華山路住了，主要是可以吃得好些，上午可以睡得晚一點（傳淞每天清早四點鐘就要起床，搞得我只好和他同時起床）。現在我們在等待結束，因此我的心情又在開始不愉快了。「逢事勿怒」，我修養不夠，無法控制自己的感情。

正仁、美緹，他們都在自己單位上班，我也沒有時間去看他們。前幾天，我和正仁談過，等您回來，約個地方，同時也通知美緹參加，對我的「二子」問題，再仔細地商談一次。書不盡言，餘面談。祝

好！

振飛手覆

十月廿日

家沅、篤瓚、石堅等同志切實致候！

您到滬後，請於上午八點半之後，下午二時之後，五點以前，打電話到泰興路，電話號

碼是五三二四九六，又傳達室電話「五六二二七八」也可以打。

希博弟：

小飯店的確不錯，我對「紅繞肚當」、「魚頭線粉」更感興趣，下次有機會再去光顧一次。

今天葆玥愛人來。據說明天又有寒流南下，不知您的感冒痊癒了沒有，為念！

前天蔡正仁給我從麗都花園拿回一點東西，他遇到齊英才，據說北京文化部曾有電話到文化局，關照「太白醉寫」如果還有一些後期工作要做，現在就可以把它開始完成。當時局幹部在電話中要求文化部來一份書面通知，聽說北京方面已表示同意。由於這樣，姑蘇之行又成問題了。這份書面通知究竟幾時可以到達，誰也不知道，實際上「補鏡頭」和音樂方面有一部分需要「後期錄音」，大約有三四天就能全部完成，問題就是那份通知，不知幾時可以到達。餘候晤面再談，順問

儷佳！

箴非

十一月十九日

希博弟：

上星期天上午，我仍到伯炎家小坐，我想可能和您晤見，等到十一點不見您來，我就走了。那天有兼之、傳鋮、顧公可之子（他的名字叫什麼，我始終沒有知道）。傳鑒也沒到。我希望「補鏡頭」的工作早日完成，所以我對於不愉快的事，能夠不問，我就不聞不問，由於我現在只要精神上有一點彆扭，消化道就呆滯，飲食馬上減少，甚至不想吃，人當然會瘦下去，這對「補鏡頭」就有關係。但是，眼看中央方面的重大的事很多，泰興路要求文化部書面指示以後如何工作，這個問題恐怕一時還不能有答覆，因而「補鏡頭」也只得跟著拖下去，好不令人著急！

明年的「案頭日曆」，又要麻煩您給我搞一份，尺寸大小不拘，費神謝謝！

最近杭州「浙崑」也打印出一份文件，要求領導上恢復浙江崑劇團。這份材料不知您見到否？餘候晤面再談。順問

儷佳

箴非

十二月七日

一九七七年

希博弟：

這幾天我為了這段唱，雖然美緹來了三天，今天上午顧兆祺又用笛子來給我吊了一下，結果，有幾處因為又看「詞句」，又看「工尺」，又看「板眼」，老是連不起來，心裡感到非常恐慌。下月五日，要先到戲校當眾唱一次，使我思想包袱更重，因此星期六聽書，請您另外請人聽吧，同時，請代向振雄同志打個招呼是禱！

另外唱詞一張，請您寄給趙景老，他給我的回信早已收到，實在因為精神緊張，沒有時間寫回信，先把第二次寫的唱詞給他看一下，同時，上次您給他的唱詞，他改了幾個字（原信附奉），感謝他對我的關心。這次的「折桂令」，是按照牡丹亭「硬拷」柳夢梅唱的那段，所以唱詞比較多幾句。另外請他寫一份寄給張允和同志。您有空，望您來一趟，我有幾句話告訴您。匆候

近好！

箴非

一月廿七日燈下

希博弟：

我從七一年患急性肺炎後，醫生說我有支氣管炎，肺氣腫，但幾年來，我並不覺得有氣急的現象，這次一方面天氣太冷，一方面唱一支唱詞，唱腔都是新創作的，顧了唱詞忘了唱腔，顧了唱腔忘了板眼，使我精神十分緊張，因此肺氣腫隨之發展，出現這種情況，我是萬萬意料不到的。前幾天在戲校和音樂伴奏合了三次，拿了曲譜唱，每次唱二至三遍，但沒有一次不出錯，我心裡又氣又急。今天休息一天，剛才市政協派壽進文同志給我送一份請帖來，乃是上海市委和市革會出面，明天（十日）下午三時在錦江飯店召開「文教」、「科技」和「愛國人士」的代表座談會，據說市委七位書記全要出席，會後有表演（包括我的唱）晚上還有晚飯。今天我和壽進文同志把我的（二子）問題略為談了一下，他答應我向領導反映。據說過了春節，政協搬進泰興路，叫我有事去找他（壽同志過去一直在政協辦事），等我把春節左右（據說春節後可能還有晚會）的幾次緊張演唱過去之後，再和您細談一次，我覺得走政協和統戰組方面，也是一條路，不知您以為然否？正來【二】來了很多次，他最初對於作曲感到有困難。他認為由其他人譜好後，他提意見，出出主意，他還擔當得起，要他全部創作，感到力不從心。但最近忽然又說全部曲詞已初步譜好。又說，他已哼了兩遍結果梁知用同志聽了，梁認為基本可以，已把曲譜留下（他也給我一份曲譜）。（昨日已在市人委禮堂唱了一次）現在我十、十一、十二要連唱三場，明天在錦江，後面兩場都在市人委禮堂。陰曆年三十或年初一，據說在文化廣場還有一場。這一陣我感到極度疲勞，需要休息，但偏偏最近來人特別多，來信也特別多，我只好有些來客，由娘娘設法擋駕。正來同志是您為了我請他來的，他也很想調劑我的緊張情緒，由於我們過去沒有在一起，在我七十六年的生活中，像這一陣這種緊張，確實也沒有過。如果您見到他，請您告訴他，我十日十一日十二日都有演出（恐怕都是下午）所以通知他一聲，請他不必到我家來，我實在沒有閑情陪他。我留他在我家吃過三次便飯，這幾天由於小菜買不到，娘娘也是肝火很大，我也感到煩惱。過了十二日，希望您能來面談一次，無任切盼！祝好！

箴非

二月九日

注：

【一】正來：王正來（一九四八—二〇〇三），蘇州人，崑曲學者、曲家。

希傅弟：

十二日通知上寫明下午二點半開幕，結果臨改為一點半開，不知道您是什麼時候進場的。我那天上午起床時，渾身酸痛，好像被人揍了一頓，因此很擔心上臺要出毛病，後來到了後臺，看到每一個人對我的關心、照顧，使我感到高興，因而上臺唱的時候，總算勉強給我對付過去，不知您在台下聽的清楚否。本來陰曆大除夕和元旦，在文化廣場還有兩場對外演出，由於我在開始要我唱的時候，預先聲明，如果「晚場」演出，恕我不能參加，所以我於十二日上臺後，就算完成任務了。這幾天我的緊張情緒鬆弛後，反而各種病症都出現了，昨天下午硬硬頭皮去洗了一個澡，肋骨擠得到今天還疼。本來您約我陰曆大除夕到您處吃晚飯，因為我的頭昏病又在發，只能心領敬謝了，感謝您伉儷對我的關懷！您幾時到這一邊來的時候，希望您來聊聊，這幾天買過年東西，料想是夠您忙的了。餘面盡。祝您合家春節愉快！

箴非

二月十五日

希傅弟：

接到您三月一日由寧發來一函，知道您和周村、山尊二位同志都已見到，他們還表示於春暖花開時到蘇州暢敘離悰，他們的深情厚意，銘感肺腑，但是我的房子和言子問題，現在戲校又有新變化，這裡我也寫不盡許多，只好等待您回滬後面談吧。

這次正來到滬，恰巧我正在搞「對台廣播」這段曲子，正是我感到暈頭轉向的時候，因此我只留他吃了三頓便飯，同時，他對這段曲子，提出一些意見，確實是有些道理（美緹也這樣講），但是第一天提出的時候，正趕上顧兆祺給我來吊嗓子，正來就當面指出這些修改意見，我拼命往我自己身上拉，說明這些意見是我最近一二天感覺到的。但正來誤會我奪了他的這些寶貴意見，搞得顧兆祺很不開心。結果什麼地方也沒有改（顧、辛、連【一】三人不接受），現在他們對正來很不滿意。第二天正來到我處，我就當他自己的學生一樣，我說這種「處世之道」你們年輕人也需要學學。另外，我到市人委禮堂和錦江小禮堂去唱，他願意做我「跟包」同去。我說：「同去的人，老早有名單送上去，我是無法同您一起去的。」結果他很不愉快。他在上海除了到您我兩家之外，另外有美緹、老倪【二】、伯炎等家也是經常去，他不管人家有事沒事，但返蘇後，誰也沒有接到他一封信，大家談起，引以為怪。這是大概情況，您也不必和他談起，不要使他不高興了，其餘情況，晤面深談，順問

旅佳

箴非手覆

三・四・下午

篤璜、家沅、成谷同志等祈請代為致候是禱！

注：
〔二〕顧、辛、連：顧兆琪、辛清華、連波。
〔三〕老倪：倪傳鉞，崑曲傳字輩演員，工老生。

希博弟：

星三下午您來的時候，戲校的馬剛同了文化局總務組的淩永福來。您走後，我就對馬剛講：「您怎麼偏偏挑今天星期三來。『小鬼』的廠禮拜你不是知道的嗎？」後來就約了下一天（星四）上午九點半到戲校去談。

星三晚飯時，正仁匆匆忙忙跑來，據說這幾天他忙得不亦樂乎，現在他也只好談十分鐘，就要到大舞臺去扮戲。據說上星期天他見到了博海，他保證長樂路有我一個單元，由於和「城建局」的交涉還沒辦好，估計在一個月內肯定可以辦好，因此，博海認為在「五一」左右，我有遷入長樂路的希望。當然，空心湯糰我已吃了不止一次了，要拿到證據，才能算數。可是正仁對這次博海的表示是認為滿意的。

文化局的凌永福，是領導上叫他來問我，需要的住房有什麼要求。實際上，我給房管局的一張報告上，文化局打公章，戲校打公章，這位凌同志連他的領導人似乎都不知道，真是又可氣，又可笑。

後來晤見唐文林，據說三月二日（星二）文革會統戰小組派人到戲校，詢問給我聯繫的住房，有什麼困難？現在事情進行得怎麼樣了？因此唐的態度，和以前也有所改變了。總之，各方面都在「動」了，看來「出頭之日」不太遠了。我想您知道了，一定也感到高興的。「小鬼」今日起，上午七點多走出，下午五六點回來，暇希惠我一談。順候

儷佳！

箴非

四．一

希博弟：

昨日和正仁去了。所謂第四方案，就是按照我家墻上貼的那張通告辦事。上次我到房管局去看到的文件，就是因為目前還有一些單位，在文化大革命中接管了「當權派」和「高知」的房子，至今沒有還，所以文件的內容，主要催促接管單位，對於房子，也要落實政策，也就是全面交給房管局，再由房管局按實際需要分配。據博海說，這問題還需要和有關機關聯繫，要全部同意之後，由市房管局派人到華園向我和「言子」宣讀文件，這叫做房屋落實政策。本來您認為上繳房子的時間早已過去，但據房管局的文件上看，還有很多單位接管了房屋，至今沒有交給房管局數目並不太少。當然，「小鬼」分一半他還不肯，給他一

間，肯定是會有問題的。現在有一點是比較好的：房子上繳問題與我無干。如果反對房子落實政策，可能是比較傷腦筋的，不知您的看法以為何如？您是不是明天去蘇，今天您能到我處來一趟更好，萬一分不開身，我隨時寫信到家沅同志家。我希望您的工作能在蘇崑安頓下來，那就一切都比較便利。您到蘇州見到篤璜、家沅、成谷等同志，祈代致候為荷！吳石堅同志，在上海京劇院時代，他就是我的「老上司」（我於五六年參加過京劇院）。尤其五八年訪問西歐之前，絕大部分都是上海京劇院和戲校的人，所以五八年一月份全部人馬先到北京排戲，當時，總的領導就是石堅同志，因此我們是相當熟悉的。一九七一年我到「五・七」幹校，他也在幹校，當時他的身體相當差。後來聽說他調到江蘇省去了，說明他的身體，一定已恢復健康。現在又聽說他到蘇州領導蘇崑劇團，我得到這消息感到高興。我完全相信，在他領導之下，蘇崑劇團必然會辦得更好。您見到他，務必代我向他祝賀！並問候是禱！

記得有一次我和您祖父演出「連環記小宴」，他看了大為高興，他認為京劇的「呂布與貂蟬」和崑曲的「連環記」相比，差得太遠，當時他對崑曲就有好感。現在崑曲改演革命現代戲，既然北京去了兩次，說明中央文化部對蘇崑是相當重視的，蘇崑移植革命樣板戲是有成績的。石堅同志掌握上海京劇院多年，有豐富的經驗，今後蘇崑的更上一層樓，必然會實現的。

關於房子問題，「小鬼」對房管局、文化局、戲校都不敢碰，但對我這只「酥桃子」，他還是要碰的（當然還有人在挑撥和劃策）。正仁認為這樣辦了再觀後效。因此我渴盼您於

今天下午二點半到三點能來面談一次更好，否則只好您到了蘇州再給我寫信了。祝

好！

知手啟

四．十一．燈下

希博弟：

上次老顧同志由您家出來到我處，就說您由於疲勞過度，在臥床休息。並囑我不要來看您，讓您好好修養一個短時期，等您身體恢復了就會來看我的。在老顧走出我大門開騎車的鎖的時候，娘娘還問老顧您究竟患的是什麼病？老顧輕描淡寫地說：「舊病復發，沒有關係。」在我思想上，以為您是最容易患感冒的，這次舊病復發，肯定又是患重感冒，恐怕傳染給我，所以叫我不要去。乃至本月十日（星期天）其華來，才知所謂「舊病」，原來是五六年沒有復發過的吐血症，第二天又接到您寄來的明信片，才知病情已開始穩定，既然醫生關照要絕對臥床休息，希望您一定要聽醫生的話，據說陳、尹二位醫生都來診療過，如果需要用什麼高貴一點的針和藥，您把藥名寄給我，我設法購到後給您送來（千萬不要客氣）。

在一個多星期以前，鄭麟聽到有人告訴他，市委對於一批「老教授」、「老專家」以及年紀大的統戰對象，聽說還有許多人的住房問題都還沒有解決，這次聽說由彭沖書記抓這個

工作，因此鄭麟伉儷認為可能我也有資格輪到。

本月九日上午，我把黨費送到戲校，據唐文林、馬剛等人告訴我，本月十二日（即星期二）市委派人到文化局，要文化局通知各單位去彙報有些老人的住房問題至今尚未落實的原因，戲校組織組也準備派人去參加。當時他們又說：「本來聯繫的警備區解放軍，現在可能要告吹。」因此他們腦筋又動到我上交的五原路房屋問題上，準備請市委問一下房管局，問我這樣辦好不好？我說：「這些問題我好幾年前早就提過，你們認為不行。現在我的要求，就是要兩間住房，你們願意怎麼講，我沒意見。」

本星期日（十七日）下午三時左右，我已約好其華陪我一同到您處。您千萬不要緊張，我不來看望您一次，確實感到不安。最近我精神比以前開朗了一些，特此附聞，祝您早復健康！

箴非手覆

四月十三日

希博弟：

兩接來信，說明您對我的關懷不是一般的。我從接到您本月十八日發來的信，我就準備給您寫回信，可是，情況不斷變化，因而在我思想上搖擺得非常厲害，現在我一肚子話，也不知道從哪裡說起，說不定我的人要「發瘋」。我最近的情況，美緹知道一點，連正仁也不瞭解。現在正仁一方面在排一出崑曲獨幕小戲《大慶來信》，另一方面，上海市委指明要把崑曲「瓊花」重新排出來公演。他是總聯繫人，因此忙得人都找不到。美緹夫婦和她父親，與昨日（二九）動身到蘇州玩去了，據說明日（五一）下午就返滬。

您於四月十八的來信中提到：「應把言子問題放在首位。」您又說：「博海可能無力解決言子問題。」您這些看法是完全正確的。近據戲校說，文化局黨委在催促戲校解決我的「二子」問題。找我，找言子都去談過話。情況太複雜，我準備五月三四日的下午，一切我到您處來面談吧。您放心，我要活下去。餘面談，順祝

健康！

箴非手覆
四月卅日

希博弟：

來信讀悉。正仁於三日午飯後來，我正式感到心情煩躁達於極點，原因由於「言子」在「五一」節前，就有好多天沒上班，我想過了「五一」，一定要上班了，豈知二日不去，三還是不去，因此我的肝火越來越大，正仁一方面勸我不要到您家去，原因是怕我累，由他到

您家告訴您。另外，他要我暫時遷居到他家住一個短期。當時我並不同意這樣做，但正仁對我的熱忱可感，因此我就說：「你去打掃起來，但我還要聽一聽戲校，對『二子』問題，進行到什麼程度（據說『言子』到戲校去了好幾次了，有一次還有少朋夫妻）？」您說得很對，等我遷出華園後，我們一起出去散散心，暫住到正仁家去，解決不了問題。

您這次在床上躺的時間比較多，千萬不要隨便出門，您說：「走不上幾步就氣急腿軟。」這是必然的，還是按醫生規定，每天散步多次（最好用一根手杖），究竟三條腿總比兩條腿穩當一點。您兩次來信都提到「二子問題」，應把「言子」問題放在首位，我向戲校也講過，他們表面上是同意的。我決不是處處相信戲校。由於十一年來，我和「言子」的許多複雜情況（包括他媽的一系列情況），戲校是瞭解得比較清楚的。因此要和「言子」解決問題，戲校出面，「言子」是感到頭痛的。不過現在少朋夫妻參加，我認為他們肯出面顧問這件事，對我來說，是好事，不是壞事，不知您有同感否？

要解決「言子」問題，首先要給他在上海安排工作，向張家窪遷回戶口。據說這兩個問題，張家窪都已表示同意（由於去年戲校劇組，曾赴山東萊蕪張家窪礦區演過戲，因此留了一份人情）。另外，我要希望和「言子」一刀兩段，肯定還有一個經濟問題。好在言子他媽的鈔票都在戲校手裡，不久前，吳書記曾講過，關於言子問題，萬一需要錢的時候，由戲校打報告，在言慧珠名下的錢裡去支用，是否辦得到？到時候再說。

現在有個不太好的消息告訴您，今天我到廣慈醫院做了一次「心電圖」（這是陳醫生關照我去做的），據報告上說，已有初步的「冠心」病，今日開始注射丹參針劑，另有一種濃度丹參片，今天沒有配到，據說要過幾天才有。今天醫院出來，到戲校組織組反映看病經過，並將心電圖報告給他們看。據戲校說，「言子」江灣的工作，已於五一節結束，我的日子越來越難過了。稍緩幾天，我到您處和您當面講吧。祝您健康！

箴非

五．七

希博弟：

今晨周麗麗給我送「丹參片」來。據說陳治平已於昨日（二十一日）去蘇州。由於連雲港那邊一個劇團，派了一個指導員到上海拜訪石堅同志，他們劇團要找十名京劇演員（包括旦角和武戲演員），吳老把這任務託了治平，現在治平找到了一個旦角女演員，三個能翻筋斗的武演員。寫信向吳老彙報，吳老囑治平把上面四個人，由治平帶到蘇州給吳老看過後再決定，因為這樣，治平才去蘇的。關於治平到蘇崑的工資問題，周麗麗認為有您和吳老作主，她毫無意見，就是希望能夠早一點參加工作。聽說吳老在麗麗夫妻面前，曾這樣說過：「治平到蘇崑如果蘇崑方面能夠給他幾塊錢一月，我完全同意這樣辦。由於治平到現在剛上工作崗位，關於以後加工資希望，在以後七八年中恐怕是輪不到的。」我看這問題，您到蘇州和篤璜、石堅、家沅等同志交換一下意見，一定不會有多大距離的。我今天準備到唐文林家去瞭解一下情況，會不會再有什麼變更，我會寫信到蘇州告訴您的。我思想很亂，不多寫了。祝您早復健康！

箴非

五．二十二

希博弟：

您在動身赴蘇的上一天給我的來信，早經收到。由於我一連五宵的嚴重失眠（每夜只睡二三小時），因此白天神昏顛倒，什麼事也幹不了，一直到今天才給您寫信，望諒之是幸！

治平送石堅嫂赴蘇，我托他帶信給您，不知您是否在蘇，還是已去西山，我不知道。本來打算到您家問一下蘊華，因為要調換三部車，確是感到有些累。

昨天（一日）下午柯靈同志來我處，談及他夫婦打算於本月九日或十日赴蘇，他們希望我一起動身。本來我為了這個「破家」，思想上還有顧慮。另外，又擔心戲校從中「作梗」（他拿住房問題來卡我）。現在我思想解放了，準備把比較新一點的服裝裝一隻箱子，打一個鋪蓋，再拿一點生活中需要的東西，一輛黃魚車，車到小蔡家，其他木器傢具等堆在華園再說，如果有人偷，也不可能偷光，首先把身體養好再說。等蘇州回來，我就住在小蔡家，關於住房問題，我全權委託小蔡辦理。等我鋪蓋行李搬出華園，馬上由小蔡拿了我的信到戲校去，我想戲校也講不出什麼來。

現在我基本上已決定和柯靈夫婦同行，明天，我再去聽聽陳醫生是否有興趣同行。另外，您如已到西山了，那就請您寫信拜托家沅、成谷二位同志，首先聯繫一下韶山飯店，定二個住二三個人的小房間。如果柯老、陳醫生都同愛人一起去，可以兩位女客住一間，三位男同志住一間。另外，我們行期決定後，我打電報給家沅同志，我們乘那一次車，請他到時候設法一輛汽車接我們一下。但是，首先我要聲明的，不管汽車、旅館以及飯食等等，所有費用，一律由我們自理，千萬不能客氣。可是各方面聯繫，還是要仰求蘇崑方面想辦法。您如有唔，希請來信，仍寄華園十一號。順祝

健康！

箴非

六・二

希博弟：

今天柯老夫婦和陳醫生都同您一起赴西山，本來主要是您，其次是我。現在我又落後了，心裡說不上來的不自在。最初和蔡、岳二人的決定，除了拿一些比較需要的衣服和生活用品，以及我和娘娘兩個鋪蓋，其它東西都堆放在華園樓上下兩間房間內，至於是否會「被砸」、「被偷」就聽之任之了。無奈我對這種工作，一點也搞不來，始而蔡、岳二人完全負擔下來。但最近正仁為了「瓊花」排戲，困難重重，一天到晚忙個不得了，加上他愛人最近到醫院刮去一個胎兒，臥病在床，搞得他也沒有時間來幫我。岳為了張洵澎的丈夫在保定為了打球，雙方大打出手，現已關進公安局，洵澎已北上，張母天天抓住美緹商量（可能要她寫信給葉帥），難得抽空到我家來轉一下就走了。後來聽到柯靈同志要下星期四五才能動身，他們認為再好沒有，這樣，他們可以在六日之後，騰出時間來幫我理東西，搬東西，爭取在九日或十日讓我離開上海。計算起來，我動身總要九日或十日，決定後，先去買車票，票子買好，我就打個電報通知家沅同志。不論九日或十日到蘇，一定當天即刻搭輪赴西山。聽說柯老在西山只打算住三四天，算來我到西山，正是他們回上海，不知陳醫生能多住幾天否？餘不多談，順問

近好！

箴非

六．五．下午

希博弟：

惠函早經收到，由於這次和玉茹傳鑒等演出「販馬記」響排了好幾次，天天說明天晚上可能要演出，搞得我精神很緊張，一直前天（二十四日）中午，才知道晚上在錦江小禮堂演出，到了下午又來通知，改在延安劇場演，因此很多人準備要看的，有點消息靈通的，白跑一趟錦江，絕大部分人都不知在延安劇場演出。因此台下只有一百多人（都是宣傳部和文化局的人），假如有一千多人看，可能演員的情緒還要飽滿一些，總之目前每個人都感到十分忙亂，我一方面是話劇會演的評議員，同時，政協方面也三天兩頭發通知來開會，有的聽報告，有的學習討論，雖然天氣炎熱，空閑的日子比較少，又趕上夏至節，因此更加感到吃力，辱荷關注，無任感謝！茶葉已由蓓蓓自己送來，我因晚上有戲，睡在床上，沒有見到，深感抱歉！您幾時來滬，望告知，以圖良晤。祝好！

箴非手啟

六・二十六・下午

希博弟：

前日讀到您給正仁的信，知道您患感冒尚未痊癒，天時不正，望珍重為要！

「瓊花」曲譜正仁已從劇團拿來，因為有些地方在演出中辛清華又作了修改，現將曲譜已交顧兆琪在改正，最近期內可以交給您。另外，上海電臺特地借唱片廠錄音室，把全部「瓊花」錄全，等他們正式廣播時，可以轉錄一下，或者由蘇崑拿了介紹信來正式轉錄。

支秉霈同志之妹的錄影帶，我在伯炎處聽到，唱的相當不錯，伯炎、兼之等也都認為很好。尤其她對「出字」、「收音」、「發聲」等方面有她一定的成就。以後，我很願意對她有些不足之處，略為校正一下，保證她的崑曲可以超出一般崑曲票友的水平。同時，也希望聽聽她給我講講唱洋歌練習發聲的方法和她自己的實踐經驗。我總覺得崑曲、京劇的所謂「吊嗓子」太不科學，應該向洋歌練聲方法好好學習一下，我想她一定也感興趣的。匆此順祝

健康！

箴非上

一九七七年九月八日【一】

蘊華和小安均此致念！

注：

【一】時間為編者加注。

希博弟：

來信讀悉。辱承關懷，無任心感！搬家的事，出乎意料的可氣，詳情可能即日我叫娘娘趨前，把情況向您談一下。您千萬不要來（我仍在正仁家），我最近也患感冒，加上這次的生氣，醫生也說，如果再因此而不愉快下去，支氣管擴張吐血情況可能出現（因為我胸口發悶）。按說這次的事，也有好的一面，就是搬的那天成了僵持局面，正仁看到這種情況，馬上騎車到文化局，面見了李太成。李局長究竟是上海文藝界的老領導，他對戲校和少朋夫婦很瞭解，知道我是吃了他們的虧了。當然，現在問題雖未解決，在這毒瘤上已經劃了一個口子了，過了國慶，我打算自己向李局長道謝，並請示他如何辦法才能達到一刀兩斷的辦法（因為李對蔡說：「今後只能『切斷關係』，不然老俞太苦了。」）少朋夫婦這次也跳到華園，大放厥詞。正仁先打電話，請戲校派一位幹部到現場作證一下，他們說什麼也不答應，後來李太成打電話到戲校（大概是批評了一頓），吳風翕乖乖地自己跑到華園，但基本上還是幫「小鬼」的。書不盡言，其它情況由娘娘向您面訴吧。

知手簡

九．二八

希博弟：

剛才據娘娘說，這幾天您到銅仁路已經六次，我聽到了感到萬分抱歉，希諒之！天時轉冷，正仁伉儷不能再讓她們一個睡桌子，一個睡地板，所以這幾天盯著小榮給我修理三四樣等待使用的傢俱，絕大部分時間（下午），都在泰安路。上午看病，打針，出門轉一圈，一會兒就到了吃午飯時間了。我現在有個「惡習慣」，只要一吃午飯，眼睛就幹得睜不開，服一片「利眠寧」，能睡一個半到二個半鐘頭，因此連許多朋友來了信，我一封也沒時間寫，明天上午九時，您如有暇，望來一談為盼！祝

好！

老俞留條

即日（一九七七年十月）【一】

稿子您改得很好，我看就這樣可以了。費神謝謝！

蘊華和小安致念！

（稿子和吳老函一並附奉）

注：

【一】時間為編者加注。

希博弟：

我於昨日（星期日）下午全部遷入泰安路，您如遇到精神較好的時候，希望來聊聊，就是時間吃不准，上午九點之前（除了去看王醫生，現在去的時候較少）下午二點半以前，這兩個時間比較握晤的可能性較大。下午的午覺，我現在有時不睡，就是睡著，您叫娘娘來叫我，沒有關係，我近來的精神尚佳，請您不用客氣。

正仁等六個人，到無錫看了兩場蘇崑的演出（活捉羅根元和逼上梁山），大家看得相當滿意。據說演林沖的演員，儘管崑曲唱法稍差，但嗓音非常響亮，總的來說是滿意的，您和蘇州通信時，望轉告。祝

好！

知手緘

十月十七日

希博弟：

上月底您來我處，未得晤談為憾！

最近一個多星期，為了內部演出，搞得我心神不定，天天來關照我不要出門，即使有事或看病出門，也要說明地方，因為演出任務，不定哪一天，文化局一個電話通知，大家就得

準時集合，我總算得到照顧，每次多有小汽車接送，但是神經一直鬆不下來，前兩天曾經出現一宵只睡二三個鐘頭，天天到文藝醫院注射葡萄糖和維他命C的靜脈針。

我聽娘娘告訴我，聽說您已和張葵同志面談過，不知談下來如何說法？我很想知道。由於如果請得您來，可能我不在家。最近一個階段，我因臀部的硬塊太多，肌肉針注射有困難，因此天天上午在文藝醫院做「超聲波」，效果不錯。因為神經緊張，一天到晚覺得很累，因而到您家又感到掉換三輛車，覺得累，現在請您把談下來的情況簡單地寫封信給我，如果我的「待命任務」告一段落，再約時間面談，不知您以為然否？匆匆不盡欲言，祝

好！

箴手簡

十一月四日上午

希博弟：

來信收到，因我最近參加文化局和戲校的幾次大會（十二月一日解放日報我的一片發言稿想已看到），後來戲校又開了批判「打砸搶」大會，也發了一次言，由於這樣簡直感到非常疲勞，因此沒有及時給您覆信，望諒之是幸！

橘子已由娘娘到您家取回，貨款亦已付清，感謝您對我的關心。

「言子」曾於前天（星六）到我處坐了八個小時，今晨我到戲校彙報情況，現在的問題，文化局對於動用慧珠的存款還沒同意，戲校吳風翥今天下午叫蔡正仁去戲校一起商量解決辦法。

泡力水希望能買到，松香水可以不要。另外請您代購采芝齋的「輕糖松子」貳斤（要半斤一包的），貨款請代墊是禱！

據治平講，南京崑曲會議，本月十五日左右就要舉行，不知是否已經決定？今天路遇評彈唐耿良，據說他在北京遇見柳以真，托他帶信給我，如果錄音帶，希望帶給葉老師，他有辦法，可以一定帶到，不知蘇州方面是否打算要帶去？復頌旅安

家沅伉儷代為問候！

箴非

十二．五．

希博弟：

多日不見為念！小安初試已過，不知情況為何？

「言子」問題，上級領導上尚未批下來，但已關照戲校，打電話告訴鏈條廠，絕對不同意「言子」到我住處糾纏不清，如果繼續不改，一切後果，由鏈條廠和「言子」負完全責

任！這樣，總算這幾天沒有來過，其它問題，戲校和文化局正在研究解決辦法。

七八年案頭日曆，又要請您麻煩代購一份，費神感謝！過了明後兩天，我可能抽晤趨談。柳以真同志前天託了一位同事季定洲同志給了我一封信，他認為如果錄音帶要帶到北京，就交給季同志，他大概還有五六天回北京，特此附聞。祝

好！

箴非

十二・十六

一九七八年

希博弟：

您的來信早已收到，由於最近一個階段，我為了開會、排戲（崑劇團排十五貫），比較忙亂，因而遲遲回復，無任歉疚！

娘娘因是骨裂問題，醫生說要臥床八個星期，看來可能要經過這點時間。我吃飯的問題，現在已算勉強解決。因為鄭麟的父親告訴了謝五小姐【一】，她熱情幫我解決問題，大概每隔兩天，給我燒一二樣菜來，夠我兩天吃的（由於郁老師對於買菜、燒菜，一點也辦不了，不過幫助娘娘，還是比較好的）。

您蘇北的東西運回來了嗎？如果您蘇州的房子落實後，我一定要到蘇州住一段時間，享受享受，屆時您設法找一個勞動阿姨，吃吃玩玩，確是會心情舒暢的。泡力水（或蟲膠片）能買到，希即請便人帶滬。春節前您是否要返滬度佳節，使希函悉。吳老處不另修書，坐代致候是荷！

正來是否仍在學館工作？前一陣他三天兩天給我來信，由於我正住在正仁處，心緒不寧，故沒有寫回信，現在已好幾個月不來信了。不知近來他在工作中的情況為何？為念！匆覆不盡欲言，順問

旅綏！

箴非

一月廿八日

今日上海的「十五貫」給全國宣傳工作會議演出，不日要在大眾劇場公演。我已看過兩次彩排，計鎮華和劉異龍演得是比較成功的。

注：

【一】謝五小姐：謝佩真。

希博弟：

多時未通音訊，為念。我從南京轉蘇州，回上海後，開會、學習，最近市委知道我在南京「販馬記」錄了像，因此要我與玉茹演一次「販馬記」，可能還要到電視臺去錄像，於是三天兩頭排戲，主要為了崑劇團的打鼓佬，沒有打過「販馬記」（過去有個蘇榮宗專打崑曲戲，可惜在文化大革命中自殺了），過去京劇和崑曲的打鼓佬，沒有一個不會打「販馬記」的，現在就會出現這種情況，這樣看來，接班人的「打基礎」確是當務之急。本來要向您處借一件「紅披」，現在丁葆苔打聽到我的一批「私房行頭」，都在外貿局（大約因為繡工比較好，他們準備改做別的東西，作為出口貨）。據說上海京劇團，把我的私人行頭全部買下來了，現由丁葆苔向京劇團借到了我自己的「紅披」，長短大小，比較合式，可以不麻煩您們和金院長了。

篤璜同志的那篇發言稿，坤榮同志叫我直接寄南京崑劇院蔡敦榮同志，我已於前天交郵局掛號寄去了（坤榮同志到我家那天，恰巧岳美緹借去看了。崑劇團一些年輕演員，很愛看對崑曲的理論文章，等到尹其方來信提到篤璜同志不希望我把他的文章借給別人看，但美緹借去只有一天，說明她並沒有借給其他人看，若晤篤璜同志請您代我打個招呼）。

折疊的木椅子，不知現在買得到否？我希望能早一點買到。因每逢星期天，我家來的人比較多，常常搞得客人只好坐在娘娘床上，實在太不像樣，本來想就在上海隨便買幾隻，但已拜托了您，又怕買了重複，大概幾時可以買到？請於來信時提及為禱！匆匆不盡

欲言，祝

好！

篤璜、石堅、家沅同志祈請致念！

振飛

六月四日燈下

希博同志：

上次您來滬，我們見到後的一二天，就有人傳來消息，說您接到電話就動身赴蘇了。關於錄音的事，從您動身到現在，我一天閑的時間都沒有，其實究竟忙了些什麼？正如李玉茹所說：我一天到晚，一點閑的時間也沒有，真像「蜻蜓點水」。而且最近一段時間，安放骨灰儀式、昭雪、平反的會，接二連三地開，我每次輪到，雖然派汽車來接，但上午八點半要開會，七點半就得動身，五點半就得起床，其實正式的會只開將近一小時，累得老夫要有一天感到暈暈呼呼，什麼事也幹不了，朋友給我的信一大堆，我一封回信也沒有寫。我的人，最近又見胖，因此更加懶得要命。上海崑劇團的「白蛇傳」內部演出了四次，但宣傳部車文儀部長還在考慮，可能要等彭沖同志看後再決定。您寫的劇本開始排演了沒有？為念！西柳木椅子有希望買到否？務請抽空詢問一下為禱！

隨函附奉「太白醉寫」演出時的照片兩張。向韶九兄【一】問好！

振飛
八月十五日

注：

【一】韶九兄：徐韶九（一九一一—？），著名崑曲家徐凌雲之子，擅崑曲及書畫。

希博弟：

前天美緹來和我一同研究歌唱《遠望》詩的咬字問題，發現我有一個字的音咬錯了，就是「憶逝翁」的逝字，應該和「勢」、「世」、「誓」同音，我念成「池」字音，請您把錄音帶再聽一下，如果錯得不太明顯，也就算了，否則一定要把這個字擦掉了重錄一下。可是程之不在滬，少剛在技術上能否勝任，如果必需要改，能否找一下家載（可以說錄音帶是「蘇崑」要求我錄的），首先請您細細聽一下。我昨天上笛吊了一下嗓子，高音稍差，而且癢得厲害，準備再吊一二天。佇候覆音，祝

好！

希博弟：

前日晤見伯炎，知道您上星期日上午到他家去過，您的「流感」想已痊癒為慰。我這幾天內曾兩次穿了套鞋，拿了雨傘準備到您家，結果被風雨所阻，打了回票。《瓊花》曲譜，已於四天前由顧兆琪改好送來，另外，致葉老的一封信稿，我改了一下主要精神，和您的來稿相差不多，如果您認為不必修改得這樣多，仍用原稿，我也沒有意見。關於「崑曲革命」的這篇論文，正仁看過兩邊，後來因正仁和我一樣，提不出具體意見，因此又給美緹看了，我們還開了一次「三人會議」，大家認為論點是肯定正確的，重點問題寫得詳盡一點，甚至像六四年通過京劇現代戲全國會演後，崑曲方面演出了些什麼劇目（可以舉點例子），非重點問題帶上一二章就可以了。我從小就不會寫「論文」，因此更提不出具體意見，我準備和您見面時，彼此再交換意見，不知您同意否？

如果您準備來我處，可以打個電話叫馮茵華告訴我，前哨照相館的電話號碼是：五三六八八〇，她只要化三分鐘就能來通知我，得到您的電話，不論上午、下午，我一定在正仁家等候您。

箴非

八・二十一

箴非
九月十四日

*此信件由中國崑曲博物館提供。

一九七九年

希博弟：

今日晤您家椿伯伯，據說在您大伯母追悼會上見到您，不知您蘇州之事料理好沒有？我很想和您談談，無奈這幾日，我為了文化局舉辦的「展覽演出」，答應了和芷苓、斌昆等同志合演全部「金玉奴」，如果「童」是按照荀慧生的整理本演的，這一下，給了我很大的精神負擔，已定本月廿一廿三廿四連演三場，據說廿三廿四兩場座券，已給市委包去，您要票，可以向劇協聯繫，因為我恐怕也搞不到幾張票。我給柯夫同志去了一信，您如晤到，希望您替我瞭解一下，並希望他多給我幾張票。

另外，娘娘之弟，三天前因病來滬，他拿了朱家角人民醫院的介紹信要到中山醫院診治（西醫內科），想請您想想辦法。現在病人住在我家，也很不方便。病人很想住院治療，恐怕病太輕，醫院未必能同意。因為「中山」他可以享受公費，您能幫這個忙否？（先去看一

次門診再說）容暇面謝，祝

好！

病人名王其虎，是中醫，而且是我堂弟的學生。

振飛

一月十四晚

希博弟：

兩接惠函，辱荷遠注，銘感無既。上次接到來函，正擬作覆，聞其芳言，說您陪同八一電影廠到西山拍外景，因而未即作覆為歉。賤恙經過治療，基本上已完全恢復，我也為了不日有寒流南下，醫院中有暖氣設備，因此要求醫生作一次「全身檢查」，上星期已開始，假如沒有問題，擬於月底月初出院。

您的三個劇本，文聯座談會開過沒有？您大概幾時來滬？蟹油下麵是美味，得能惠賜少許，無任感謝！

據聞「蔡文姬」在京輿論甚好，吳雪同志等對該劇評價很高，本定演八場，現在據聞要增加演出場數，詳細情況，要等正仁來信才能知道。美緹因蔡文姬沒有她的事，同時，戲劇學院也認為如果不是非去不可的，希望她還是在滬參加學習。如果劇團到南京需要演出折子戲，她可能要去參加。美緹對我的照顧確是很有耐心，可惜她空閑的時候較少，好在華東的條件還是比較好的，良晤不遙，餘再面盡，專復順問

近好！

振飛手覆

二月二十六上午

希博弟：

接戲校來電話，據說楊小培得傳染病突然病亡，於本月六日下午火葬，恰巧六日是星期一，我們的聚會改於九日（星期四）下午舉行，希請轉告家熙同志為荷。祝

好！

振飛

八月四日下午

*此信件由中國崑曲博物館提供。

希博弟：

昨接劉覺從杭州寄來一稿，比上次略有提高，我看還要勞駕由您來修改一下，由於他是越劇男小生，現在來說，他正在蒸蒸日上，他的稿子不用，似覺不妥，就是要給您增加麻煩，殊感抱歉！

尤其他在第三張談到群英會，說我在第一場裡「彈琴舞劍」，這分明在瞎說，我老師程繼先，就沒有「彈琴舞劍」，我看這篇稿子，又要煩您動腦筋改一下，因為劉覺可以代表越劇，稿子短一點沒關係，不知您意以為如何？

過了明天，不論上下午，您給我來個電話，就說文化局要開個會，你約我一個時間，當然，後天，大後天都可以，內容就是要您「談話」的問題，地點還是「可的」（老地方）專此祝

好！

箴非手上

十二月廿三日

劉覺稿隨函附奉。

舞情单：所稿到觉极妥

来一稿，此上次所有提高，我意应照

芳媚由她主修改一下，由于她是越剧

男小生，现在再说，似乎更妥，几月上，我的稿

子不用，似觉不妥，却是要绕过博雅屏

烦，强之执前！

如果以第三場该到屏英会，我

或至岁一场里「弹琴午剑」这多吗主睡

说，就老师领港先前没有「弹琴午剑」

我有这篇稿子又要炒扇动脑筋改了，

因为我觉得代表越剧水准之度，

差条不知究竟以为如何？

过去好大，不该占午，绝终就未函托

该文化局要开步会你约我午时向吉出

在天大后天都可以，内容我对要缝谈话

的问题，地点还是寻寺庙（老地方）更去谈

好！

刘觉稿范石湘同志

減衣上十月世吉

一九八〇年

希博弟：

您好！來信收到。武漢劇協在三十日為我安排了一個「藝術報告」會，我已準備好三十日下午或卅一日乘船回滬，途中只兩天即可到達上海。

信中談到梅太太病危，甚為掛念。我早想掛長途電話去慰問，考慮到她從不願住醫院，如在家中診治，電話中又不便瞭解病情。她能在今天看到萬惡的「四人幫」垮臺，也是自慰。如發生什麼不幸的情況，請您代我及時致電，措詞儘量懇切，並對家屬致以親切慰問。

我在這裡看了高盛麟及薔華同志多場演出，非常滿意，餘者回滬再詳談。祝

好！

振飛手簡

元月廿九日

薔華同志和正康囑筆致候。

希博弟：

昨據薔華告訴我，她與您恰巧路遇，我們的新居，您已去看過，我們已定於本月廿三日（即年初八）遷居，在初八以前（即明後天）希望您撥冗來我家一次（泰安路）我有一事準備聽聽您的意見，望勿卻是感！

家熙同志介紹了姚玉成，昨接玉成給我來信，他準備三月十二日動身來滬，據說他的領導上已完全同意他來滬舉行拜師典禮。我認為他一定要拜師，還是按照童芷苓收徒的辦法，準備茶點，由劇協主持其事，所有茶點香煙等費用，我估計他們青年演員，工資較微，假如有困難，由我負擔一半可耳。以上問題，請與家熙同志商量一下，不知他同意這樣做否？餘面談，祝

好！

振飛手啟

二月廿日

希博弟：

昨日您來未晤為悵。承您惠我珍珠層粉一瓶，愧領感謝！武漢丕公處我已去信，但尚無回音，據我看，可能問題不大，吳老與薔華都已致函謝志誠同志，另外，薔華又函託沙萊同志面懇志誠同志。本來丕公要李炳淑黃正勤二人掉換，現在正勤願意去漢（武漢京劇團正缺小生），這樣他們也有面子，當然武漢的調令不來，總感到心中不安，辱承惦念，多謝多謝！

今日美緹來，對於她寫的稿，去了五分之三，頗不樂意。另外，拾畫叫畫改贈劍，她認為販馬記與贈劍都是吹腔，她和正仁是最接近我的，但唱的不是崑腔而是吹腔，希望研究所再加以考慮。專此道謝，祝

好！

薔華囑筆道謝！

振飛手啟

二月廿二日燈下

希博弟：

群英會錄音記錄稿已找到，便中望來一取。我因忙亂了將近兩個月，現在歇下來，感到腰酸背疼，據王天德醫生說，這是由於疲勞過份，現在服了中藥，感到好一點，但睡眠、大便還是不正常，還需要多服幾帖調理藥。餘面談，祝

好！

向您母親致候！

振飛手啟

六月二日

希博弟：

首先向您致歉。星期一上午我到華東去看病，因為受了點涼，晚上咳嗽不能入睡，星一中午來了一位北京朋友，聊天到兩點半，因此我急於要睡，關照阿姨，任何人來就說我剛服了藥已午睡，不要叫我（當時我也不知你上午已來過），現在我希望您星三晚飯後，或星四中午請來我家，我等待你。先此致歉，望諒之。祝

好！

七月一日下午

振飛

*此信件由中國崑曲博物館提供。

希博弟：

自從最近兩天由於天氣涼快，晚上我反而睡不好，蓋被頭覺得太熱，蓋毛巾毯又感到不夠，因此都要折騰到大天白亮，才能安睡，這一下早晨就起不來。今天我睡到了十一點半才醒，才知道您等了半天，真感到抱歉，望諒之。

群英會文章已看完，小的地方我稍加修改，現在就剩下打蓋的下場，我想了一下，覺得用文字很不容易說明白。我打算過一天您到我家時，我做一遍您看，請您把它記錄下來。

稿費貳拾壹元，已交郵局彙上。餘面談，祝

好！

振飛手覆

七月二日中午

希博弟：

昨晤陸兼之兄，知道您已由蘇回滬。前日「上海戲劇」由郵局彙來稿費二十一元，可能是「談對兒戲」的稿費，希望您便中來我家取去，這篇稿子是您整理成文的，該稿費應該交給您。

近來天氣極不正常，有時帶了雨具，結果一點也不下，假如不帶，經常會遇到大風暴雨。據氣象報告，今年八九月間，颱風比較多，有可能出現洪水暴發的可能，真使人傷腦筋。

你母親我已有三四十年不見，我很想到您家拜望她，後來聽到她並不住在您處，但住址不詳，您見到時，代我向她致候！餘面談，祝

好！

振飛

七月十六日下午

您家的郵政編碼多少號，便祈告知。

希博弟：

我於明日（廿七日）上午乘飛機去北京，參加全國政協開會，大約須九月中旬可以返滬。

上次您借去的「群英會」劇本（即美國趙世輝的），如果您文章竣事後，請您送交我家。如果紅紅上班不在家，交給我家勞動阿姨就可以了。

您幾時去蘇州，我九月中旬返滬，不知您是否還在上海，屆時當再通信聯繫吧。專此順問

近好！

俞振飛

八月廿六日

向您母親致候不另。

希博弟：

顧舍失迎為歉！

關於「群英會」稿，您既然在我講「群英會」記錄中摘錄加工的，肯定是可以用的，尤

其經過您的整理，我更加放心，請您直接送交解放日報可耳。

今天又接到劉覺來信，並又補充了兩張，請您斟酌辦理。我已寫信給他，我對他說：「稿已送交研究所，每篇稿子，可能都有些增刪，你大概不會有意見吧？」話已講明，請您不要有什麼顧慮。有勞大神，容暇面謝！祝

好！

箴非

十二・二十四

一九八一年

希博弟：

您來我家，失迎為歉！今日我因事赴杭州，大約十天左右返滬。您幾時去西山，便希函告。匆匆不一，祝您賢伉儷春節愉快！

振飛手啟

二月九日上午

薔華囑筆問好！

一九八二年

希博弟：

囑書群英會文章的題目，寫就寄奉，望察收。匆匆不盡，祝

好！

振飛手啟

八月十七日

一九八四年

希博弟：

馬得同志畫展題字已寫好，不知大小是否合用。因為他不久就要開繪畫展覽，故此特地抽空寫出來的。

這次又是一場大雪，對農業是有利的，對我來說，不敢出大門一步，殊感苦悶。專此復問

近好

振飛
八四年一月十九晨

一九八八年

希博老弟：

多時不見，渴想渴想。最近我一方面參加文化局當評委開會（此會相當累），另外，文化部要我「錄音」、「錄像」。這當然是好事，但我自己也認為太晚了一點。現在暫定的劇目崑劇有「八陽」、「迎哭」、「受吐」、「琴挑」、「驚變」、「贈馬」（暫定六出）。京劇有「狀元譜」、「群英會（對火字與打蓋兩場。黃蓋由尚長榮擔任）」、「春閨夢」、「三堂會審」。想把程老夫子的一些表演，用「特寫」表現出來（蘇三由夏慧華演）。

現在我想拜託你詢問一下靜安醫院的陳醫生，因為我最近三天只在崑團說說戲，回家後感到非常吃力。我於八三年隨「上崑」到香港去演出，我當時八十二歲（今年八十七歲），我就想到又要演出，又要應酬朋友，恐怕自己精神夠不到。恰巧當時聽說上海市委派政協的劉靖基先生到香港去做統戰工作，劉先生動身前注射一種補針（是一種滴劑，每一針要注滴一點半至兩小時），因此我向陳治平的愛人打聽，能否搞得到這種注劑。她向熟悉的醫生詢問後，醫生同意我打七針，確是有些效果的。現在請你詢問一下陳醫生（可能有更新的進口藥），如果有，我情願自費到他醫院去注射。因為華東醫院看門診的醫生，經常在調來調去，一二十年在華東看病，到今天沒有一位比較熟悉的醫生。因此我有此想法，如果他能幫忙，這次的任務可能完得成，不然，我真有些擔心（究竟是八十七歲的人了）。

我今日要去廣州，由於廣州話劇團，新排了楊世彭等編的一出「遊園驚夢」話劇，由華文漪主演，廣州方面很早就和我約好，只能去一趟。我大概至遲四月四日即回上海，希望你於四日的晚上，或五日的中午給我來個電話。一切費神，心感不宣。此頌

著安

俞振飛

一九八八年三月廿七夜

夫人坤福！薔華附候

致許姬傳

許姬傳（一九〇〇－一九九〇）

著名崑曲曲家、梅派藝術研究家、戲曲評論家。曾長期擔任中國劇協和梅蘭芳劇團秘書，記錄整理梅蘭芳《舞臺生活四十年》。並致力於文物鑑賞和收藏，工書法，亦擅詩聯。著有《許姬傳七十年見聞錄》、《憶藝術大師梅蘭芳》、《許姬傳藝壇漫錄》等。

一九六一年

姬老：

惠函奉悉，電影藝術談斷橋文章我沒有看到，連戲劇報刊載的遊園驚夢一稿也沒有讀過，因為我沒有定戲劇報，過去北京常常寄來，這一陣因為紙張緊張，送報已停止，但上海購北京刊物，非得及時去購，稍晚就搶售一空，我當向學校資料室去借閱。至於咬字問題，等我看到文章後再和您通信。

川劇荊釵記不知您去看過否，我很想把這個戲搞出來，但不作大修改很難搞好，您如看過希望把那些優點告訴我，切盼切盼。

慧蘭同志演六旦戲是比較合式的，希望她在這方面多努力，北崑韓老在六旦方面是有相當成就的，另外把小老闆的京、梆花旦動作運用進去，可能還可以創造出一種風格來，您說對不對？

今年春節，我和慧珠在大眾劇場演了十四場，觀眾非常熱烈，每場不但滿座，而且天天等退票的排成長龍，令人興奮。這次我把西施的範蠡改為小生演，臨時鑽鍋，費了一些腦子，可是氣氛的確比老生演合適。這戲浣兄排的時候范蠡派老生，可能是為了王二卿，和硯秋紅拂傳李靖由郭仲衡唱一個原因。

源來兄在看戲時見到過兩次，本來打算小飲一次，但未能如願。最近我到蘇州玩了三天，很為痛快，新修理的「網師園」雖地方不大，頗見精微，您有機會回南，可以前去一遊。

浣兄伉儷致候不另

俞振飛敬禮

三月十三日

*此信件由北京梅蘭芳紀念館提供。

致葉劍英

葉劍英（一八九七—一九八六）

久經考驗的共產主義忠誠戰士，堅定的馬克思主義者，偉大的無產階級革命家、政治家、軍事家，中國人民解放軍的締造者之一，中華人民共和國的開國元勛，長期擔任黨、國家和軍隊重要領導職務的卓越領導人。

一九七八年

敬愛的葉副主席：

我千言萬語敘不盡十年來對您健康和安全的惦記，直到「四人幫」被粉碎以後，從電視中第一次看到您和華主席神采奕奕地站在天安門城樓上，一顆心才踏實下來。最近接連看到報紙上刊登您在十屆三中全會和十一大的照片，又讀了您的《八十書懷》，深深感到您精神矍鑠，壯懷不減，真有說不出的高興！

崑曲這個古老劇種，從全國解放以後，在偉大領袖和導師毛主席，以及敬愛的周總理和您的親切關懷，獲得了新生。經過不斷改革，實踐證明它是完全能為工農兵服務的。不料江青、張春橋一夥專橫跋扈、倒行逆施，徹底否定了這個劇種。他們憑藉竊取的權利，把全國崑曲劇團全部砍掉，演員一律改行。我目睹此狀，寸心如割，但在他們的淫威之下，豈敢有所表示？

英明領袖華主席為首的黨中央，一舉粉碎「四人幫」，革命文藝得解放。當前，江蘇省由於省委領導的重視，已經恢復了崑劇團。杭州浙崑，也在籌備恢復之中。上海原有的京崑劇團早被解散，最近在上海市委關懷下，臨時集中了一部分崑曲演員，復排並演出了您曾大力支持過的崑曲革命現代劇《瓊花》，通過一個多月的演出，頗得觀眾好評。看來，崑劇的再度新生，前景美好，已在不遠。

上海過去培養的崑曲演員，要比其他地區為多，後經「四人幫」強令改唱京劇，至今仍然分散在京劇團中。我雖年近八旬，還有決心和信心，在黨的領導下，為崑曲的「推陳出新」竭盡綿薄。

今春讀到大作《遠望》，給了我極大的教育和鼓舞。想起古人有「詩言志，歌永言」之說，因而大膽地譜成了崑曲唱腔，希望更多的同志來謳唱這首雄偉豪邁的反修詩篇。自慚水平有限，不可能深刻理解和充分體現大作的崇高意境。茲特隨函附送錄音帶一卷，請您予以審聽，指正，俾便繼續提高。

敬向您祝願
身體健康！

俞振飛敬啟
一九七八年十二月
（時間為編者加）

附：

遠望　　葉劍英

憂患元元憶逝翁，紅旗飄飄沒遙空。
昏鴉三匝迷枯樹，回雁兼程溯迷踪。
赤道雕弓能射虎，椰林匕首敢屠龍。
景升父子皆豚犬，旋轉還憑革命功。

致朱復

朱復（一九四五—）

崑曲業餘愛好者，號離山堂主人。師從袁敏宣、周銓庵、葉仰曦，唱法遵循俞氏父子。著有《中國崑曲藝術》第三、第四章及崑曲論文多篇。

一九七七年

朱復同志：

首先向您表示十二分歉意！由於今年四月七日突然接到文化局通知，要我於翌日乘飛機到北京，有臨時任務。當時因為我的政治問題，尚未解放，忽然要我到中央參加任務，當然我的激動是相當大的。而且最近幾年由於家庭糾紛，精神上很不愉快，因此服藥打針，三四年來沒有斷過，但是四月八日到了北京，忽然心情得到開朗，頓覺什麼病也沒有了，實際上是心情上的一時激動，因而十餘天後，激動情緒平靜下來，就感到吃不好，睡不好，一天到晚怕煩，怕累，但在集體生活中，又想表現得好一點，處處勉強掙扎，到了五月四日上午，忽然口吐鮮血（過去從來沒有過的），虧得我住的招待所中有個比較大的醫務室，醫務工作人員，都是「積水潭醫院」派來的，於是立即由醫生陪同車送醫院，經過檢驗，才知是「支氣管擴張咯血」，醫生認為問題不大，在醫院住了十八天，於五月廿一出院。廿三日，即上車返滬。當時您託許姬老帶來的信，我實在沒有精神寫回信，請您多加原諒，當時我一再奉托姬老向您致歉！尤其看到您信上對崑曲的無限愛好，同時我回上海後，有一次胡保棣到我家來，也談到您對崑曲的熱愛。我記得當時您對《習曲要解》的各種唱法還列了一張表。在您給我的信中，好像還提到有二三種唱法您還不很瞭解。現在，我的身體比以前好了一些，希望您對哪幾種唱法不瞭解，寫信告訴我，我一定寫信告訴您。另外，我要求您能否撥冗把您上次給我看的那張檢查各種唱法的「表」，另抄一張寄給我，只是給您增加麻煩，希望鑒諒是幸！

江蘇省的「蘇崑劇團」，最近到南京去開過會，預備要擴大範圍地搞。杭州，上海兩處的崑曲演員，都在準備打報告，要求恢復崑曲劇團，表示崑曲也要走毛主席的文藝革命道路，而且過去上海戲校搞的那出「瓊花」，雖然有缺點，但演了一百幾十場，觀眾還是很歡迎的。這些，都是最近崑曲界的情況，我想您聽到了一定感到高興的。匆匆不盡欲言，順祝

新年愉快！

俞箴非
一九七七年元旦

朱復同志：

惠函及《遠望》唱譜十份俱已收到。這次沒有幾天，您就把唱譜油印出來，並已分贈愛好崑曲同志，說明您對崑曲的熱愛程度相當高。最近「瓊花」劇組的B角演出了兩場，在唱、念、表演各方面不亞於A角，我看了感到十分欣慰，深信崑曲的再度新生，前景美好已在不遠。

整出《瓊花》已於上星期由上海人民電臺全部錄了音，可能在國慶節廣播，如果見到報上布露消息，可以轉錄一份。希望您們細細收聽幾遍，藉此尋找古老的崑曲，應該如何走上「推陳出新」之路，這是一個艱巨的工作，不走群眾路線是解決不了問題的，您說對否？

這次您刻印的曲譜相當清楚，就是在最後一句「旋轉還憑革命功」的「還」字唱腔上，脫落了一個「中眼」，這問題不大，只要對崑曲唱腔比較熟悉的人，必然知道這個中眼一定在「乙」字上。我幼年看到「納書楹」曲譜，所有三眼一板的曲子，它只有「板」和「中眼」，沒有頭末眼的，當時不理解是什麼道理，後來會的曲子多了一些，才懂得只要板和中眼擺定之後，頭末眼放在什麼地方，有它一定的規律的（所謂一定規律，主要是依據曲牌的規律）。

我的住房正在裝燈、粉刷，可能在本月中旬可以遷入，候遷定停當，我會寫信告訴您的。京中諸位老友，希代切實致念！匆復順問

近好

箴手覆

九月十日

「瓊花」決定演到本月十五日結束。

一九七八年

朱復同志：

接到您六月三日的來信，並歡迎項馨老【一】曲敘的名單和劇目，看了使我感到歡欣鼓舞，說明古老的崑曲頗有欣欣向榮的趨勢，為之欣慰無已。

上海歡迎馨老亦很熱烈，比較人多的集會有兩次，第一次是五月二日我在東風飯店宴請馨老，飯後到謝佩真家唱曲（在我學生中，第一個是謝五小姐，當時我才十九歲，整整教了她六年，會的戲有七八十出，現在因患乳房癌開刀後，身體是恢復健康了，今年整整八十

歲，雖然嗓子已不能上笛，但吹笛的興致甚濃，一口氣能吹三四出整套的曲子，她和馨老三十多年前就熟悉）。第二次是五月十二日，在揚州飯店宴請馨老，主人是三位，一、樊誦芬（伯炎的姊姊），二、徐椿林（是凌雲老先生的侄子，今年已七十九歲），三、謝佩真。飯後在伯炎家曲敘。其它在四月卅日，在董醫生家（他在廣慈醫院西醫科，是馨老的外甥），除了我和馨老、蔡正仁唱崑曲，另外有兩位唱京劇，馨老也唱了一段探母佘太君唱的搖板，居然且「味兒」很足，真可謂能者「無所不能」。第二次五月*日下午【二】，我和蔡正仁、岳美緹、華文漪、梁谷音五人到馨老住的華僑飯店，主要是華文漪和梁谷音兩人向馨老學習「思凡」的表情動作。由於馨老這齣戲是向崑曲老前輩丁蘭蓀學的，確實一舉手、一投足都有獨到之處，文漪、谷音在戲校崑曲班中算比較好的，但他們看了馨老的表演動作，認為戲校的朱傳茗老師等都沒有這樣的工夫，因此要求馨老把整出思凡分四段表演一遍，他們幾個青年分別把它記下來（當然，一下子想都學到手是不可能的）。最後一次是在殷孟超家裡（他是崑曲名票友殷震賢先生的兒子），由於馨老卅年前經常和震賢在一起，所以孟超同志一定要馨老到他家作一次客，因此即於五月廿日上午去了殷家小唱一番，下一天馨老就赴北京了。

這次馨吾兄回來，我們是快六十年的朋友了，所以馨老和我有同樣的感情，他到了上海，就要到我家來，恰巧我到南京開會了，他打聽到了我的住址，就打長途電話給我，說他下一天就到南京來看我，我到車站去接他，卅年不曾見面，我的情緒不曉得是快樂還是傷感，彼此見面不由自主地擁抱起來。這次馨老由北京搭飛機回紐約，因此我對斯倫說明，他這次去北京，等於是動身返美國，我要求他們父子原諒我，恕不趨站言別了。

據斯倫回來講，他父親感到北京、上海的愛好崑曲者，對他這種熱情，他是感到非常高興，尤其是在北京見到平伯先生和梅夫人，尤其覺得榮幸！他說兩年後再回來一次，據我看，如果斯倫出國的報告批不准，兩年後肯定是會回來的。否則就很難說了。

我從上次「青年會演」擔任了評議員，最近「話劇會演」又是評議員，每日看戲，確實是很累的。

最近政協開了一次宣傳「新長征」活動的大會，而且一定要我登臺清唱一段新崑曲，陸兼之同志幫我寫了一個「新長征贊」，用了「紅繡鞋」、「迎仙客」兩個曲牌，我這裡先把曲詞寫給您，至於曲譜，我已囑伯炎同志抄給您。這次的兩段曲牌，對我是有深厚感情的，因為我會唱第一支曲子，就是三醉中的紅繡鞋。因為我三歲那年就死了母親，晚上我和父親同睡，由於三歲的孩子失去了慈母，晚上當然哭鬧不休，我父親沒有辦法，就唱三醉的紅繡鞋給我聽，從我三歲唱到六歲，整三年，我六歲的那年，居然上笛唱「紅繡鞋」整段，有眼有板，一字不錯，我父親大為高興，繼續教我唱八陽、聞鈴等曲，但當時我還沒有識字，真所謂「口傳心受」，但這個基礎打得是比較磁實的（每段曲子，至少要教五百遍左右）。不是吳梅先生給我父親寫的「家傳」裡，談到我父親的老師韓華卿老先生教我父親唱曲時有云：「……每進一曲必令籀諷數百遍，純熟而後止，夕則擫笛背奏，所習者一字未安，呵責不少貸。」我父親教我的時候，也是用這樣方法的，因此這次填寫「紅繡鞋」的工尺譜時，很清楚地回憶到七十年前學唱紅繡鞋的情景。前天（十六日）我在政協小禮堂清唱時，頭腦裡想到的事很多，嗓音還能勉強唱得上去，嗓音的好壞，主要的是神、完、氣、足，心裡彆彆扭扭是無法唱得好的。下面先將「新長征贊」唱詞寄給您。

「新長征贊」（崑曲）

（紅繡鞋）

看蓬蓬九州生氣，
建巍巍百世勛績，
是黨中央華主席！
風雷驅暗翳，
天地轉新機，
教億萬人齊奮起！

（迎仙客）

要實現現代化承遺志，
要完成總任務仗群力。
學趕超都不忘「只爭朝夕」！

喜工農創奇蹟，
科技添新翼，
更鋼鐵般的長城萬里堅無匹。
在長征途上馬蹄疾，
安排個日月新，江山綺！

注：
【一】項馨老：項馨吾（一八九八——一九八三），崑曲家。
【二】此處日期字迹不清。

振飛
六月十八日下午

致鄒家沅

鄒家沅（？—？）
曾任江蘇省崑劇團副團長。

一九七七年

家沅同志：

久未晤面，您好！

希博弟還在蘇州否？如果已赴西山，請您加封代寄，費神謝謝！我於五月初從「心電圖」中發現「冠心」病已在開始。最近兩星期來，突患嚴重失眠症，希博弟一再約我到西山住一個短期。現在柯靈同志夫婦也是聽到希博弟盛讚西山風景清幽，因此我們準備一同赴蘇，在蘇盤桓三四天，然後再去西山。詳細情況，都寫在致希博函中，這裡恕不再重複了。就是我們一定赴蘇，給您們要增加許多麻煩，請您們多多原諒！

聽說住的地方，還有一個「影劇公司招待所」。據我想，吃東西可能「韶山」要好一些。總之，我們不要鋪張，但是吃的方面，還是希望吃得好一點，不知最近蘇州的供應情況如何？一俟行期有定，當以電報奉告，請您聯繫一輛汽車到車站，拜託拜託！感謝感謝！祝好

振飛敬啟

六・二・下午

（住的地方，韶山或影劇公司招待所都可以，由您們決定吧。）

家沅同志：

治平帶來希博弟來函已收到。今日（三日）下午柯靈同志和陳醫生都已見到，他們已決定於六日早車赴蘇，不知您們接到他們的信否？據柯靈同志說，他有兩個朋友（聽說是科學界的）也說定一同去西山，這樣，他們一共有五個人了。我設法提早，大概要九日（星四）才能動身。或者我到了蘇州，當天中午就搭輪到西山，蘇州留在西山回來玩吧（萬一白沙枇杷吃不到，也只好犧牲了）。

我買到那一天的車票後，即由電報告知你，請你代為雇一汽車到車站。據柯老愛人說，早車到了蘇州，還可吃了早中飯再上輪船，我也預備這樣辦。美緹本來要送我到蘇州，如果我當天上西山，她可能不赴蘇了。餘俟晤面再談，祝好！

箴非
六．三．燈下

鄒家沅同志：

今日柯靈同志夫婦和陳醫生等到蘇想已晤面。他們和希博弟是否今午搭輪赴西山，我不能和大家一起動身，感到萬分歉疚！我的遲遲而行，主要問題，因我準備這次蘇州返滬，堅決不再回華山路了（暫在親友家中住一個短期再說），因而有些細軟東西和生活中必要的東西，都打算抽一個早晨，用二部黃魚車車走。但「言子」是長日班，早晨六點多出門，下午三點多就回來了。由於要保密，一天只有三個小時好活動。本來學生蔡正仁、岳美緹都答應來幫忙，結果因有臨時任務，忙的抽不出時間來。只依靠阿姨一個人，因此時間就拖延下來了。前天，我給您和希博的信上說，我準備乘早車到蘇，在蘇吃一頓早中飯，然後搭輪赴西山。現在知道，早車是六點十分開車，我這裡九六路公共車，五點多鐘還沒有車，況且乘九六，還要換一五路，萬一趕不上，那就糟糕了。現在，我動身的日子暫定十日（星五），火車乘下午車（上次石堅愛人坐的那一班），我在蘇州還是要住一宵。假如我一定十日動身，九日上午我有電報打給您的（打到您府上）。請您就給我聯繫一下住宿問題，和汽車問題（船票是否要預先買），以上三個問題，等我電報到蘇，再去聯繫，是否來得及。一切勞神、容暇面謝！

振飛敬啟

六月六日下午

SHOW藝術32　PH0186

俞振飛書信集

原　　著 / 俞振飛
編　　選 / 唐吉慧
主　　編 / 洪惟助、蔡登山
責任編輯 / 鄭伊庭
圖文排版 / 周政緯
封面設計 / 王嵩賀

發 行 人 / 宋政坤
法律顧問 / 毛國樑　律師
出版發行 / 秀威資訊科技股份有限公司
114台北市內湖區瑞光路76巷65號1樓
電話：+886-2-2796-3638　傳真：+886-2-2796-1377
http://www.showwe.com.tw
劃撥帳號 / 19563868　戶名：秀威資訊科技股份有限公司
讀者服務信箱：service@showwe.com.tw
展售門市 / 國家書店（松江門市）
104台北市中山區松江路209號1樓
電話：+886-2-2518-0207　傳真：+886-2-2518-0778
網路訂購 / 秀威網路書店：http://www.bodbooks.com.tw
國家網路書店：http://www.govbooks.com.tw

2016年5月　BOD一版
定價：360元

國家圖書館出版品預行編目

俞振飛書信集 / 俞振飛原著 ; 唐吉慧編選 ; 洪惟助主編 . -
- 版. -- 臺北市 : 秀威資訊科技, 2016.05
面 ;　公分(SHOW藝術 ; 32)
BOD版
ISBN 978-986-326-374-6 (平裝)

856.287　　105004699

讀者回函卡

感謝您購買本書，為提升服務品質，請填妥以下資料，將讀者回函卡直接寄回或傳真本公司，收到您的寶貴意見後，我們會收藏記錄及檢討，謝謝！
如您需要了解本公司最新出版書目、購書優惠或企劃活動，歡迎您上網查詢或下載相關資料：http:// www.showwe.com.tw

您購買的書名：____________________

出生日期：________年________月________日

學歷：□高中（含）以下　□大專　□研究所（含）以上

職業：□製造業　□金融業　□資訊業　□軍警　□傳播業　□自由業
　　　□服務業　□公務員　□教職　□學生　□家管　□其它_____

購書地點：□網路書店　□實體書店　□書展　□郵購　□贈閱　□其他

您從何得知本書的消息？
□網路書店　□實體書店　□網路搜尋　□電子報　□書訊　□雜誌
□傳播媒體　□親友推薦　□網站推薦　□部落格　□其他__________

您對本書的評價：（請填代號　1.非常滿意　2.滿意　3.尚可　4.再改進）
封面設計____　版面編排____　內容____　文／譯筆____　價格____

讀完書後您覺得：
□很有收穫　□有收穫　□收穫不多　□沒收穫

對我們的建議：____________________

____

____

____

請貼
郵票

11466
台北市內湖區瑞光路 76 巷 65 號 1 樓
秀威資訊科技股份有限公司 收
BOD 數位出版事業部

（請沿線對折寄回，謝謝！）

姓　　名：＿＿＿＿＿＿＿＿　年齡：＿＿＿＿　性別：□女　□男

郵遞區號：□□□□□

地　　址：＿＿＿＿＿＿＿＿＿＿＿＿＿＿＿＿

聯絡電話：(日) ＿＿＿＿＿＿＿＿ (夜) ＿＿＿＿＿＿＿＿

E-mail：＿＿＿＿＿＿＿＿＿＿＿＿＿＿＿＿